Aras Ören: Paradies kaputt

Erzählungen

Deutscher Taschenbuch Verlag

dtv

Originalausgabe
Februar 1986

Die Erzählung ›Traum‹ wurde von Petra Kappert ins Deutsche übertragen, alle übrigen Erzählungen von Helga Dağyeli-Bohne und Yildirim Dağyeli.
Umschlaggestaltung: Celestino Piatti
Umschlagbild: Utku Varlik
Gesamtherstellung: C. H. Beck'sche Buchdruckerei, Nördlingen
Printed in Germany · ISBN 3-423-10460-0

Inhalt

Der Gebrauchtwagen (1979)

Ich bin immer dafür gewesen, daß man Kompromisse schließt, daß man sich einigt. Solange sich der Mensch wirklich darauf einrichtet, wird er auch jedesmal Mittel und Wege zum Kompromiß, zur Einigung finden. Wenn nicht, ist die Enttäuschung groß, er kommt nicht mehr zur Ruhe, und das Ganze hat schließlich nur zur Folge, daß er in eine Sackgasse gerät, weiter nichts.

So würde Halil beginnen, wenn er von sich selbst spräche. Daher sehnt er sich so nach der schönen alten Zeit, die immer voller Kompromisse war, in der er stets zu einer Einigung kam. Es treibt ihm deshalb jedesmal fast die Tränen in die Augen, wenn er an sie zurückdenkt. Halil ist ein gefühlvoller, ein schwermütiger Mann. Wenn er sich an einen Abschnitt seines Lebens erinnert, der ihm noch gut vor den Augen steht, dann geht es dabei ganz sicher um einen Kompromiß, um eine Übereinkunft.

Eines Tages kam ein Polizist zu ihm an die Tür, weil ein Nachbar ihn angezeigt hatte! Wißt ihr, warum er es getan hatte? Aber woher solltet ihr denn! Als Halil von Karamürsel Abschied genommen hatte und nach Istanbul gekommen war, erhielt er von einem Bekannten aus dem gleichen Ort, der schon vor ihm hierher übergesiedelt war, einen guten Tip. Daraufhin stellte er an den Hängen von Rumeli Hisar auf einem Grundstück, das dem Staat gehörte, ein »Übernachthaus« auf. Der Nachbar, der ihn angezeigt hatte, war erst nach Halil eingetroffen und hatte gleich daneben sein eigenes »Übernachthaus« gebaut. Später folgten andere, die auf diesem Gelände, das dem Staat gehörte, ebenfalls Häuschen mit ein oder zwei Zimmern errichteten und sich dort niederließen. Als Halil ein zweites Stockwerk hochzog, erweckte das den Neid des Nachbarn. Er zeigte Halil an, weil er ohne Genehmigung ein weiteres Stockwerk gebaut hatte. Was hieß hier schon ohne Genehmigung, das ganze Viertel war schließlich schwarz gebaut. Halil, der damals gerade Anstalten machte, nach Deutschland zu gehen, brachte die Sache sogleich in Ordnung, erzielte mit den herbeigeeilten Beamten eine Einigung. »Sie haben recht, Herr Beamter«, sagte er, »ab morgen stelle ich den weiteren Ausbau dieses schwarz errichteten Stockwerks ein. Ich hatte die Mauer sowieso erst halb fertig, und dann reiße ich sie eben wieder ein, was soll's.«

Noch am gleichen Tag trug er also die Mauer ab und ersparte es damit dem Beamten, noch einmal zu erscheinen.

Der Staatsgewalt gegenüber zeigte Halil also den schuldigen Respekt. Nie hätte er sich gegen sie aufgelehnt, denn er wußte, daß er nie recht bekommen würde. Außerdem stellte er so gleichzeitig seinen Nachbarn zufrieden und zeigte den guten Willen, mit ihm in Frieden zu leben. Der Nachbar war überdies leicht reizbar. Aber was machte das alles schon! Halil war ja ein Mann mit Gleichmut . . .

Nach Halils Meinung gibt es Menschen, die es darauf anlegen, gleichzeitig schuldlos dazustehen und anderen gegenüber die Ellenbogen zu gebrauchen. Hindert man sie daran, werden sie unerträglich. Läßt du ihnen aber die Möglichkeit dazu, bleibst du unbehelligt. Es genügt dabei schon, nur ein wenig nachzugeben. Sie sind dann zufrieden, und du hast deine Ruhe. Zu dieser Sorte Menschen zählten nach Halils Vorstellung die Beamten, Polizisten, Politiker, kurz alle, die in leitender Stellung stehen, wie Meister und dergleichen.

Er setzt mit großer Sorgfalt die Sonnenbrille auf, hält sie mit beiden Zeigefingern und Daumen, rückt sie zurecht, betrachtet sich in einem Schaufenster. Eine ganze Weile schaut er so sein Gesicht mit der Sonnenbrille an. Beim Gehen hätte er sich beinahe in die Lüfte erhoben. Er war ganz aus dem Häuschen. Schließlich hatte er ja heute ein Auto gekauft, ein Auto – ohne Wenn und Aber.

Wem ich auch erzählte, daß ich die Absicht hatte, den Führerschein zu machen, der berichtete mir von seinen schlechten Erfahrungen: Der und der habe ihn erst nach fünfzig Stunden mit Ach und Krach bekommen, jenen hätte der Fahrlehrer auch nach fünfundvierzig Stunden noch nicht zur Prüfung zugelassen. Ich wußte schon, daß es sich bei dem Ganzen um nichts anderes als um Geschäft handelte, aber wie hatte ich dann das Kind geschaukelt? ... Na ja, ich hatte eben Glück gehabt.

So redete Halil und hörte nicht auf zu erzählen:

Besäße ich einen Führerschein, so würde ich mir auf der Stelle ein Auto kaufen. Wo ist denn nur mein Mut geblieben, zur Fahrschule zu gehen und mich einfach einzuschreiben? Jeden Tag nach Feierabend komme ich auf dem Heimweg an der Schule vorbei, in der immer zehn bis fünfzehn Leute am Unterricht teilnehmen. Dann sage ich stets zu mir: »Komm, Halil, komm, raff dich auf, geh hinein und schreib dich ein«, kann mich jedoch nicht dazu entschließen. Die Aufregung, die Scheu und das ewige Gerede, wie die Fahrschulen die Menschen übers Ohr hauen, wie sie ihnen das Geld aus der Tasche ziehen mit den Worten »Diesmal war's nichts, es hat noch nicht geklappt, du hast es noch nicht geschafft«. Abgesehen von dem verlorenen

Geld wird es sich womöglich auch noch herausstellen, daß ich zum Fahren tatsächlich nicht fähig bin. Das wird mir den Rest geben, denn seitdem ich nach Deutschland kam, ist es immer mein Wunschtraum gewesen, ein Auto zu kaufen. Glaub mir, nichts beschäftigte mich so sehr wie dies, nicht einmal der Gedanke, ein Haus zu bauen und Hausbesitzer zu werden. Jeder brachte es schließlich fertig, ein Dach über dem Kopf zu finden, das war ja wohl auch nicht mehr als recht und billig. Aber ein Auto ... Ein Auto verhilft einem dazu, aufzusteigen, verschafft einem die Hochachtung der anderen, ist etwas, das jeder will, aber nicht jeder haben kann. Was mich so unschlüssig machte, mich so in Aufregung versetzte und meine Scheu noch verstärkte, war der Gedanke, daß ich nie ein Auto besitzen würde ohne diesen Führerschein in der Tasche.

Na ja, reden wir nicht soviel darum herum.

Sonntags besuchte ich regelmäßig die Automärkte, natürlich nicht allein, sondern zusammen mit Raimund. Raimund, na ja, das ist ein deutscher Bekannter von mir. Eines Tages sagte er zu mir, er kenne eine Fahrschule, dessen Besitzer zugleich auch Gebrauchtwagen verkaufe. Wenn ich ihm zusichere, daß ich nach abgelegtem Führerschein einen Wagen bei ihm kaufe, wird er mich, auch wenn ich noch keine dreißig Stunden gefahren bin, zur Prüfung zulassen und mir den Führerschein geben ...

Halil mit seinen Gesten, seiner aufgeregten Sprache, dem kindlichen Lächeln um die Lippen erzählte und erzählte, fand kein Ende mehr. Dann setzte dieses Lächeln, das ihm auf dem Gesicht lag, aus, hielt inne, wartete, worauf? Vielleicht auf ein Kopfnicken, ein paar Worte, die das bestätigten, was er da erzählte, ihm recht gaben, zeigten, daß seine Aufregung auf euch übergegangen war ... Er hätte allerdings gar nicht so lange zu warten brauchen, ob ihr ihm nun beipflichtet oder nicht, euch aufregt oder nicht, denn er bestätigte sich ja selbst, war auch immer noch aufgeregt:

Konnte mich denn das kalt lassen, was Raimund mir da erzählte? Der nächste Sonntag wollte einfach nicht kommen. Ich ging zu der Adresse, die mir Raimund gegeben hatte, zum Gebrauchtwagenhändler also. Der Mann begrüßte mich mit lachendem Gesicht. Fragte mich, was für ein Auto ich wollte. Bevor ich noch sagen konnte »Hier, so eines ...«, unterbrach er mich schon: »Ich verstehe, für euch Türken muß es ein viertüriges sein, solche mögt ihr gern, komm mit.« Ich folgte dem Mann, und wir liefen an einer Menge Autos vorbei. Vor einem blieb er stehen: »Wie wär's mit diesem?« fragte er. Es war ein beiges viertüriges Auto, das, obwohl es nicht neu war, blendend aussah. Ich war sehr aufgeregt. Der andere schien das zu merken und fing deshalb an, das Auto in den höchsten Tönen zu loben. Und mir schossen nacheinander die verschiedensten Gedanken durch den Kopf: Wenn ich das nun kaufe, so gehe ich morgen zu seiner Fahrschule und lasse mich einschreiben. Nach fünfundzwanzig, dreißig Stunden habe ich den Führerschein in der Hand. In dem Augenblick, in dem ich ihn in die Tasche stecke, steht das Auto schon bereit. Ja, ja, ich konnte es nun nicht mehr erwarten. Dies schien mir der bessere Kompromiß, die günstigere Regelung zu sein. Der andere Vorschlag, zuerst in der Fahrschule zu beginnen, des Führerscheins wegen, dem Fahrlehrer zu verstehen zu geben, daß ich, nach abgelegtem Führerschein, ein Auto aus seinem Gebrauchtwagenmarkt kaufe, so daß er mir schnell zu einem Führerschein verhilft ... nein, nein, dieser Weg war viel zu umständlich. Ich konnte es einfach nicht mehr erwarten. Mußte unbedingt ein

Auto haben, erst dann konnte meine Würde, meine bis jetzt noch so unzulängliche Würde, zu höchsten Höhen emporsteigen.

Der Mann schien zufrieden, kam aus dem Erzählen nicht heraus. Wie schon gesagt, entschied ich mich für den kürzeren Weg: erst das Auto, dann der Führerschein. Meine Würde ging mir über alles, ich ließ nichts auf sie kommen, gestattete mir nicht, etwas dagegen zu sagen. Was der Mann auch immer reden würde, ich war bereit zum Kompromiß, zur Einigung. Immer wenn ich mich für einen Kompromiß, eine Einigung entschloß, ging es dabei auch um meine Würde. Ich gestehe, daß hinter meinem Willen zum Entgegenkommen, zur Übereinkunft, mein Egoismus steckt.

Schließlich fragte ich den Mann nach dem Preis. »Fünftausendfünfhundert«, erwiderte er. Nur um etwas zu sagen, entgegnete ich: »Oh, sehr teuer!« Sofort ließ er tausend Mark nach: »Viertausendfünfhundert!« Ohne noch etwas zu sagen, wurde ich mit dem Mann handelseinig, und wir schüttelten uns die Hände. Ich unterschrieb den Kaufvertrag und zählte ihm das Geld hin, in bar. Weder überprüfte ich die Reifen des Autos, noch den Rost, noch den TÜV, nicht einmal den Motor. Wichtig war für mich einzig und allein, daß ich Autobesitzer wurde . . . Jetzt kommt der Führerschein an die Reihe. Morgen gehe ich zu diesem Mann in die Fahrschule und schreibe mich ein.

Der Rabauke (1979)

War das der Ort des großen Hasses, der großen Feindschaft?

Das war sowieso nur ein Sturm im Wasserglas, der plötzlich losbrach und sich ebenso plötzlich wieder legte.

Die Kneipe ist nicht sehr voll. Auf der Zapfsäule der Theke künstliche Rosen in einer billigen Preßglasvase. Verblichen die Farben – durch den Staub und das Nikotin der Zigaretten.

Mit einemmal stand einem der sattgrüne Teppich der Berge vor Augen, der Berge, die unmittelbar hinter einer handtellergroßen Ebene unweit des Strandes anzusteigen schienen, dann der Strand selbst, der sich die Küste entlangschlängelte, der nasse Sand unter den bloßen Füßen, zerbrochene Muscheln, Austernschalen, dann und wann Glasscherben, die tief in die Sohlen einschnitten, und dieser stolze Fluch, den man zwischen den Zähnen hervorstieß, der sich gegen alles richtete, was man verpaßt hatte und nicht einmal benennen konnte.

Auf dem Kamin des Hauses, das mit seinen Ziegeln aus Kohlenschlacke und Zement hinter dem hochgeschossenen Mais nahezu verschwand, standen zwei leere Flaschen. Eine war halb zerbrochen, die andere noch unbeschädigt. Das hatte zu bedeuten, daß eine Tochter des Hauses bereits verheiratet war und die andere demnächst ins heiratsfähige Alter kam. Wird es mir vergönnt sein, auf die Flasche zu zielen, die neben der zerbrochenen auf dem Kamin steht? Wenn ich erst einmal die Pistole ziehe, so verfehle ich das Ziel nie. Ich habe es schließlich lang geübt. Warum sollte meine Hand zittern? Damals – ich war noch keine sechzehn, hatte eben mit dem Rauchen begonnen, vor wem hätte ich mich da schon in acht nehmen sollen? Warum also zögerte ich, die Pistole zu ziehen und abzudrücken? Warum bloß zielte ich nicht auf die unversehrte Flasche auf dem Kamin, böllerte einfach auf sie los? Du meine Güte, wie schnell doch die Jahre vergingen ... Wieso fällt mir überhaupt die Flasche auf dem Kamin ein? ... Wer mochte sie wohl zertrümmert haben?

Die Hand eines Mannes, der um ein Mädchen anhält, darf nicht zittern. Er muß einfach die Pistole ziehen und die heile Flasche treffen, damit der Vater des Mädchens auch weiß, wer sich um seine Tochter bewirbt ... Was für eine männliche Tat, nicht wahr?

Warum habe ich bloß die Pistole nicht gezogen und die Flasche zerschossen?

Er erwartete darauf keine Antwort irgendeiner Art, wiederholte nur freimütig und mit rauchiger Stimme:

»Wenn wir schon kämpfen müssen, nun, dann kämpfen wir eben. Aber ohne Pistole. Nicht schießen, mit der Faust kämpfen.«

Obwohl Ahmet dem stattlichen jungen Mann ihm gegenüber direkt in die Augen sah, drang sein Blick in Wirklichkeit durch ihn hindurch bis zu dem gold- und silberfarbenen Schmuck der Tapeten und blieb dort haften. Fürs erste zeigte niemand Interesse an den beiden, sie fielen nicht einmal auf.

Die glasklare Farbe des Meeres verschwand, eine schmutziggraue Wolke schob sich heran und blieb auf dem Wasser hängen: Ein Sturm nahte. Der Wind frischte auf, der Wind vom Schwarzen Meer. Der erwartete Sturm brach jedoch noch nicht los. Diesem Waisenjungen gibt man doch kein Mädchen! Selbst wenn er alles mitbrächte ... Wer hatte das denn gleich gesagt? Wenn es sich um ein Mädchen handelte, könnte man darüber hinwegsehen, wer hatte das bloß gesagt? Na ja, die Unsrigen halt, unsere Vetter, deren Frauen und Schwiegersöhne natürlich ...

Nun gut, dann schlagen wir uns eben. Und zwar jetzt ...

Ich brauche niemanden, der mir Beachtung schenkt. Ich brauche auch keine verständnisvollen, herablassenden Blicke, die mir zu verstehen geben, daß ich lebe. Selbst wenn ich allein auf der Welt wäre, müßte ich alles bezwingen. Ich habe genug Kraft, alles kurz und klein zu schlagen, in ein Nichts zu verwandeln. Ich habe genug Männlichkeit, um mich jedem zu widersetzen, der mein Leben bedroht. Sie schäumt wie Lava in mir, schäumt, steigt an, droht überzulaufen. Um die Lava am Überlaufen zu hindern, verhalte ich mich ganz ruhig, denn es ist nicht ratsam, sie in Wallung zu bringen. Im übrigen treffen aber Bezeichnungen wie »Rabauke« nicht den Kern der Sache. So hatte der Polizist in Istanbul mich betitelt, von dem ich im Polizeirevier Prügel und Fußtritte bezog ... Damals als ich mich in Istanbul als Straßenverkäufer versuchte; nur um meines täglichen Brotes willen hatte ich dem Polizisten Widerstand geleistet. Außerdem war ich nicht der einzige, der dort auf dem Köprü Basi als Straßenverkäufer arbeitete. Auf mich aber hatte es der Polizist nun einmal abgesehen, weil ich mich ruhig verhielt und klein von Statur war. Ich wollte ihm die Stirn bieten, und so kam ich eben zu dem Namen »Rabauke«, der als Grund dafür herhalten mußte, daß man mich schlagen durfte.

Ahmet, der Kleinwüchsige mit dem Douglas-Fairbanks-Schnurrbart, bekleidet mit einem dunkelblauen Anzug, einem weißen Hemd mit verschmutztem Kragen und einer lungenroten Krawatte, lehnte sich gegen die Theke in der Kneipe und unterbreitete seinem Gegenüber immer wieder auf gleiche Art und Weise denselben Vorschlag. Er machte wirklich einen guten Eindruck. Hätte ihm jemand zugehört, wäre diesem sein Verhalten bei so einem bemerkenswerten Vorschlag ganz seltsam erschienen, doch er strahlte nur Ruhe aus, nichts als Ruhe.

Wenn schon gekämpft werden muß, so soll es rasch gehen, aber ohne Waffe, es gibt also keine Schießerei ... Wer immer genügend Kraft hat, setzt sich auch durch. Kämpfen wie ein Mann ... Dazu bin ich bereit ...

Abgesehen von denen, die ab und zu an die Theke kamen, um ihre Biere selbst abzuholen, warf keiner der Männer den beiden einen Blick zu. In der Tat kümmerte sich niemand um sie.

Da unsereiner weiß, wie man auch aus nichts etwas macht, haben wir Unzähligen die Möglichkeit geboten, ihr tägliches Brot zu verdienen. Du nennst es »Tribut«, was jedoch nicht die richtige Bezeichnung für unsere Tätigkeit ist. Die, denen wir nützlich sind, sind uns lediglich zu Dank verpflichtet. Wenn du jedoch nicht der Meinung bist, daß du dich dankbar erweisen solltest, indem du monatlich zweihundert Mark springen läßt, sondern auf andere Art und Weise, so komm, dies war mein Vorschlag, komm, und wir kämpfen mannhaft. Einen anderen Ausweg gibt es nicht ...

Man weiß ja, daß das Gewerbe einem andern gehört und im Hinterhaus heimlich Hasardspiele gespielt werden, aber das Verpfeifen ist nicht unsere Sache, es läßt sich mit unserer Ehre nicht vereinbaren. Irgendwie muß das aber jetzt zwischen uns geregelt werden: Also kämpfen wir, los ...

Der kleinwüchsige Ahmet mit der lungenroten Krawatte beugte sich lässig zur Seite, zog die Pistole aus der hinteren Hosentasche und legte sie auf die Theke. Ihre Blicke trafen sich. Um seinem Gegenüber noch einmal Vertrauen einzuflößen und seine Worte zu unterstreichen, schob er dann die Pistole auf der mit Kunststoff überzogenen Theke mit dem Handrücken ein bis zwei Handbreit weiter.

»Ein Mann, ein Wort! Mannhaft ...«

Das war alles, was er sagte. Doch als wäre es ihm plötzlich eingefallen, streckte er sich nach vorn, nahm ein weiteres Mal die Waffe in die Hand, sicherte sie und schob sie mit dem Handrücken wieder über die Theke zurück.

Wie immer auch ihre Sache stehen mochte, niemand in der Kneipe würdigte sie eines Blickes. Ahmet blinzelte zur Waffe hinüber, die dort zwischen den Biergläsern lag wie ein schwarzglänzendes seltsames Tier, und fing erneut an, mit seiner überzeugenden, rauchigen Stimme auf ihn einzureden:

»Wenn du kein Vertrauen zu mir hast, so leere ich sie eben ganz ...«

Er nahm wieder die Waffe in die Hand, zog erst die Kugel heraus, die im Lauf steckte, dann die im Magazin, legte alles zusammen auf die Theke und schob es jetzt zum dritten Mal mit immer der gleichen Bewegung von sich. Vorsichtig beförderte er sie noch etwas schneller nach drüben, damit Pistole und Kugeln sich von ihrem jetzigen Standort möglichst weit entfernten. Dabei rollte jedoch die einzelne Kugel, die er aus dem Lauf gezogen hatte, hinter die Theke und fiel zu Boden. Klirr!

Ahmets Gegenüber rutscht von seinem Hocker, steht auf, läuft gemessenen Schrittes zur Tür, wirft etwas Geld in die Musikbox neben der Tür, drückt einige Tasten, wippt auf den Zehenspitzen, reckt sich ausgiebig, zieht an seinem Hosengürtel, stellt sich erneut

Ahmet gegenüber in Positur, läßt die Muskeln um den Mund spielen, steckt die rechte Hand ins Jackett, zieht mit lässiger Bewegung eine Baretta heraus, zielt aus dreißig bis vierzig Zentimeter Abstand auf Ahmets Stirn und schießt viermal hintereinander.

War das der Ort des großen Hasses, der großen Feindschaft?

Dies war sowieso nur ein Sturm im Wasserglas, der plötzlich losbrach und sich ebenso schnell wieder legte.

Ein vergnügter Morgen (1980)

An jenem Morgen kam er zur Arbeit gerannt, lief durch das Haupttor der Fabrik geradewegs weiter bis ins Untergeschoß, wo die Umkleideräume lagen. Als er sich umzog, pfiff er vor sich hin – eine Melodie nach der andern. Brachte er es einmal nicht fertig, eine der Melodien zu pfeifen, so summte er sie gleich so laut, daß es jeder hören konnte. Einige, die sich gerade dort umzogen, ließen ihn hochleben, und manche trieben Späße mit ihm bis an die Grenze der Beleidigung. Es waren alles Kollegen von ihm, es gelang aber keinem, ihm an diesem Morgen die gute Laune zu verderben. Allmählich steigerte sich seine freudige Stimmung so sehr, daß er in dem Raum, in dem die eisernen Schränke standen, mit den Fingern zu schnalzen begann und kurz vor Beginn der Arbeit schon ganz ausgelassen war.

Die scherzhafte Frage eines Kollegen, der gerade dabei war, sich umzuziehen, ob er denn im Lotto gewonnen hätte, ging im Läuten der Sirene zu Beginn der Arbeit unter.

Plötzlich, an der Fräse der siebten Abteilung, als alle anderen in ihre Arbeit vertieft waren, begann er sich zu winden und zu krümmen. Mit beiden Händen hielt er sich den Bauch, drückte die Finger mit aller Kraft hinein und bog die Knie leicht nach rechts. Die Falten in seinem Gesicht hatten sich vor Schmerz verzogen. Sie schienen sich senkrecht in die Länge zu dehnen. Der Kollege nebenan sah den sich krümmenden Mann als erster. Er rief den Meister. Dieser faßte ihn unter dem Arm, schleppte ihn zum Abteilungsleiter und ging anschließend mit ihm zum Sanitätsraum unter der Verwaltung. Er war ganz außer Atem.

»Tut es sehr weh?«, fragte die Schwester.

Er nickte und sagte »ja«.

»Kommt das öfter vor?«

»Ab und zu.«

»Hast du früh gegessen, was dir vielleicht nicht bekommen ist?«

»Ich habe nur Tee getrunken«, erwiderte er und wand sich bald erneut auf dem Stuhl.

»Nimm diese Tabletten, geh nach Haus und ruh dich aus. Morgen kannst du deinen Hausarzt aufsuchen.«

Als er durch das Haupttor die Fabrik verließ, lief er erst ganz langsam bis zur Straßenecke, doch sobald er abgebogen war, eilte er im Laufschritt auf den Eingang der U-Bahn zu.

Weil er seine Kollegen, den Meister, den Abteilungsleiter, die Schwester im Sanitätsraum, alle jene also und sogar den Portier hinters Licht geführt hatte, der ihm noch »Gute Besserung« wünschte, als er durchs Haupttor hinausging, wuchs das Selbstvertrauen in ihm so sehr, seine Ausgelassenheit steigerte sich so sehr, daß er ganz vergaß, wo er war.

Der Geizhals (1980)

Seit der Wind sich vor einigen Stunden gedreht hatte, erwärmte sich die Luft merklich. Sie war nicht nur wärmer geworden, sondern sogar schwül. Aus Osten und Südosten zogen dunkle, schwere Nebelschwaden heran, stiegen hoch und schoben sich in der Mitte übereinander. Die Sicht nahm ab, der Himmel stieß fast auf die Erde, der Rauch quoll aus den Schornsteinen wie aus Trichtern, wirbelte auf und blieb über der Stadt hängen. Dann senkte er sich kräuselnd herab und wälzte sich auf die Erde zu; kurz davor hielt er inne und breitete sich in dichten Wirbeln nach allen Seiten aus.

Obwohl es noch nicht Mittag war, fuhren die Fahrzeuge auf der Straße alle mit aufgeblendeten Scheinwerfern.

Hinter den Fenstern leuchteten dann und wann Lichter auf.

Als sich der ganze Himmel schließlich mit Nebel überzogen und verdüstert hatte, hörte er auf, den Schnee auf dem Balkon zu schmelzen, und verteilte das Wasser, das zweifingerhoch im Eimer stand, langsam auf die Blumentöpfe im Wohnzimmer. Er schloß die Balkontür und dichtete sie mit Filz ab. Da er schon seit gestern nacht, als er die mehrmalige Änderung der Windrichtung und die Unentschlossenheit der Wolken am Himmel beobachtet hatte, erwartete, daß es wärmer werden würde, machte er heute in der Wohnung sonst kein Feuer, sondern begnügte sich lediglich damit, den kleinen Ofen in der Küche zu heizen.

Alles, was er tat, hatte einen zwingenden Grund. Zum Beispiel goß er die Topfpflanzen möglichst mit Schnee oder Regenwasser, weil das Trinkwasser zu viel

Kalk enthielt. Wenn er jedoch kein Schnee- oder Regenwasser hatte, kochte er das Leitungswasser gut ab und ließ es kalt werden, um erst dann damit zu gießen. Er hatte keinen Geschmack an Konserven und fertigem Essen, krempelte sich vielmehr seit dem Tod seiner Frau lieber die Ärmel hoch, wenn er nach Hause kam, und machte sich – wenn es gerade Gänse gab – daran, eine Gans zu braten, ihr Schmalz durchzusieben und zusammen mit gerösteten Zwiebeln in einen Krug zu füllen. Putzte Blaukohl, kochte ihn, rieb Kartoffeln, knetete Teig, um Klöße zu machen. Kaufte – wenn ihre Zeit gekommen war – auf dem Wochenmarkt pfundweise Erdbeeren, um daraus Marmelade zu kochen, legte außerdem – wenn sie billig waren – saure Gurken ein, ja, buk am Sonntag sogar sein Brot selbst.

Als sich der Himmel draußen noch mehr verfinsterte, und die dunklen Nebelschwaden wuchsen, zündete er eine Kerze an und dachte, ohne sich vom Fleck zu rühren, mit der Kerze in der Hand einen Augenblick lang nach, während sein Schatten über die Wände huschte, um sich im nächsten Augenblick wieder aufzulösen. Dann fiel ihm etwas ein: Er ging in die Toilette und holte aus dem Regal, das vor dem Spiegel über dem Waschbecken hing, eine Streichholzschachtel, bedeckt mit Spuren getrockneter Seife, lief in die Küche, nahm ein Glas aus dem Schrank, setzte sich an den Eßtisch und stellte die Kerze in die Mitte. In der Streichholzschachtel lagen Rasierklingen. Fein säuberlich rieb er eine Rasierklinge nach der anderen gegen die Innenseite des Glases und schliff sie glatt. Die geschliffenen Rasierklingen, die noch zu gebrauchen waren, legte er sorgfältig in die mit Seife bedeckte Streichholzschachtel zurück.

Als er sein Abendessen aus grünen Heringen und Kartoffeln aufgegessen hatte, war es bereits dunkel. Er wechselte hinüber ins Wohnzimmer. Es war die Zeit, in der sich die Nachbarn in ihren Sesseln räkelten und die Fernsehapparate einschalteten.

Wie gewöhnlich goß er in sein fingerhutgroßes Schnapsglas etwas von dem Birnengeist, den er selbst destillierte, holte aus einer Schublade im Büffet eine Plastiktüte, leerte ihren Inhalt auf den Tisch und setzte die Brille auf.

In der Plastiktüte steckten lauter Werbeprospekte, die die verschiedensten Waren und Geräte anpriesen, außerdem Bedienungsanleitungen zu einer Menge Krimskrams und Proben, die er in allen möglichen Kaufhäusern und Läden gesammelt hatte. Durchgesehen und ausgewertet hatte er sie noch nicht. Das machte er immer so, zuerst sammelte er eine Zeitlang alles. Er lief von Kaufhaus zu Kaufhaus, ließ sich keine Ausstellung, keine Messe entgehen, suchte gelegentlich auch Läden auf, in denen neu erschienene elektronische Geräte zu sehen waren, um sich einen Prospekt geben zu lassen, stellte dem Verkäufer – als sei er ernstlich am Kauf interessiert – detaillierte Fragen, begutachtete die Ware, die man für ihn auf den Ladentisch gestellt hatte, ausgiebig und tastete sie sorgfältig ab. Sein Ziel war, möglichst viele Gebrauchsanweisungen und Broschüren zu sammeln. Es gelang ihm sogar immer wieder, den Verkäufer zu überzeugen, daß er das Gerät wirklich kaufen wolle, nur vorher noch mal überlegen müsse, aber bestimmt wiederkommen würde, und so verließ er dann den Laden mit einer Tasche, prall gefüllt mit Prospekten. Zu Hause füllte er das Erstandene in die Plastiktüte um, die er in einer Schublade im Büffet aufbewahrte. War sie voll, begannen Stunden, die in ihm die prickelndsten Gefühle, die schönsten Wunschträume wachriefen, ihn in höchste Aufregung versetzten, seine Erwartung und Neugier bis zum äußersten steigerten, Stunden voll schöpferischer Augenblicke, die ihm eine Fülle von Zerstreuung schenkten. Genau wie jetzt eben.

Er tastete mit der Hand eine Unzahl von Broschüren ab, die er auf den Tisch gelegt hatte, als wollte er sie streicheln, breitete sie nach und nach über die ganze Tischplatte aus und konnte sich nicht entscheiden, welcher er sich zuerst zuwenden sollte.

Am meisten fesselte ihn eine Broschüre zu dem neuen Modell eines elektronischen Funkgeräts (die im Gegensatz zu den anderen Prospekten auf der Vorderseite ein weniger auffälliges, sehr sachliches, einfaches, sogar etwas kühles, nur auf den Zweck abgestelltes Schwarzweißphoto zeigte). Wie oft er auf dem Tisch auch suchte, wie oft er sie mit den anderen mischte, jedesmal sprang sie ihm als erste in die Augen.

Er merkte nicht einmal, wieviel Zeit inzwischen verstrichen war, aber eine ganze Weile später, als seine Nachbarn wie jeden Abend schon alle drei Fernsehprogramme hinter sich gebracht hatten, las er immer noch mit der Lupe in der Hand irgendwo in dem besagten Prospekt unter dem Titel »Mit Supermodulchassis S-1-20 T« die kleingedruckten Erklärungen zu diesem elektronischen Funkgerät, das er nie besitzen, in seinem Leben nie verwenden würde.

Er fragte sich nicht einmal, was eigentlich Besonderes an ihm war. Warum sollte er auch? Wenn sie ihn anstarren wollten, dann sollten sie es eben tun; man mußte sich endlich einmal abgewöhnen, nach immer neuen Begründungen für das eigene Verhalten zu suchen, und man sollte sich nicht dauernd insgeheim verteidigen. Es war höchste Zeit, damit aufzuhören.

Genau, das ist es, dann mache ich jedenfalls Eindruck auf sie, und der Mund wird ihnen wäßrig; hör' bloß mal, wie sie lachen, wenn ihnen der Sinn danach steht, wie schnell sie bereit sind, sich hinzugeben! Natürlich könnte ich nicht so schnell finden, was ich suche, wenn ich nicht wüßte, daß all diese europäischen Frauen Huren sind und scharf auf uns schwarzhaarige orientalische Männer. Soll man sich denn unterkriegen lassen? Wieso denn? Schließlich tue ich nichts, dessen ich mich schämen müßte. An ihnen wäre es, ein schlechtes Gewissen zu haben, sich zu schämen. Ich bin nämlich genau der Prachtkerl, den sie suchen. Während ich nur auswähle, bewundern sie mich, begehren sie mich. Von all denen, die sich mir hingeben wollen, suche ich mir eine aus, die mir paßt ...

Erst muß ich mal herausfinden, welche mir am meisten zusagt. Wie mag die wohl aussehen? Die mit dem kurzgeschnittenen Haar hat recht ebenmäßige Gesichtszüge, hat Lippen wie Feuer, das sieht man auf den ersten Blick. Wegen ihrer Frisur sieht sie zwar mehr wie ein Mann aus, ist aber im übrigen so weiblich, daß ihre Anziehungskraft nicht gemindert wird. Diese Blondine sieht aus wie eine von denen auf den Bildern, von denen die Männer immer träumen. Eigentlich ist eine begehrenswerter als die andere, also muß ich scharf nachdenken ...

Der Reihe nach begutachtete er alle Frauen und Mädchen im Café und übersah dabei geflissentlich ihre männlichen Begleiter. Jede einzelne bewertete er nach Aussehen, Alter und Kleidung und traf seine Wahl. Nach dieser ersten Entscheidung, der eine noch gründlichere Prüfung, eine noch sorgfältigere Auswahl folgten, gefiel ihm dieses Mal im Café jedoch keine einzige, denn die Suche nach einem Ideal setzt Maßstäbe. Stirnrunzelnd überlegte er, ob überhaupt eine von denen, die nach dem letzten Entscheidungsdurchgang übrig geblieben waren, seine Frau werden könnte.

Der junge Mann, der all diese Überlegungen angestellt hatte, trug einen Schnurrbart. In seinem Mund hing die Pfeife so, als gehöre sie nicht dorthin; fast wäre sie hinuntergefallen. Er schien nicht zu wissen, wie man sie raucht und wie man sie hält. Auch der Schal um seinen Hals gehörte ihm offenbar nicht, und man gewann den Eindruck, als stecke nicht er, sondern ein anderer junger Mann in seinem Körper. Mit weit ausholenden Gesten bestellte er beim Ober eine Tasse Kaffee und dazu ein Bier. Der Ober blieb stehen und schaute dem Mann ins Gesicht. Alle, die gehört hatten, wie der junge Mann mit dem Schnurrbart Bier zusammen mit Kaffee bestellte, wandten sich ihm zu und betrachteten ihn über die Schultern hinweg. Manche lachten ihn sogar offen an, ein bißchen spöttisch, ein bißchen verächtlich zugleich. Von denen, die sich ihm zudrehten und ihn anschauten, lachten besonders laut die Frauen, am meisten aber lachte jene Blondine. Der Mann mit dem Schnurrbart war zufrieden damit, daß er im Mittelpunkt stand und lachte ebenfalls. Nach einer Weile, als sein Bier und sein Kaffee kamen, erhob er das Bierglas und rief allen im Café Anwesenden

»Şerefe« zu. Das Lachen, das inzwischen verstummt war, setzte erneut ein, und auch die Köpfe drehten sich wieder dem Mann mit dem Schnurrbart zu. Der ließ es dabei bewenden, ihnen noch einmal »Şerefe« zuzurufen, und schlürfte ein wenig von seinem Bier, gleich darauf ein bißchen von seinem Kaffee; als er unter all den neugierigen und erwartungsvollen Blicken die Kaffeetasse auf den Tisch zurückstellte, verschüttete er den Rest des Inhalts. Unbeholfen versuchte er, die Tischdecke mit den Händen glattzustreichen und trockenzureiben, keineswegs bemüht, das Geschehene zu vertuschen. Ganz ungeniert sagte er: »Ach, habe ich was verschüttet? Na ja, macht auch nichts ...« Er nahm seine Pfeife, die er im Aschenbecher abgelegt hatte, sog geräuschvoll ein paar Mal daran, ließ es aber schließlich sein, da es ihm nicht gelang, den bereits erloschenen Tabak wieder zum Glühen zu bringen. Er hob noch einmal sein Bierglas, prostete den Anwesenden erneut mit einem »Şerefe« zu; die schauten ihn noch immer an, lachten noch immer über ihn.

Der junge Mann mit dem Schnurrbart, der zum ersten Mal in seinem Leben dieses Café betreten hatte, fühlte sich trotz allem nicht fremd hier, und auch die Anwesenden, die ihn ebenfalls zum ersten Mal im Leben sahen, betrachteten ihn nicht als Fremdkörper. Von diesem Tage an wiederholte sich stets aufs Neue, wenn der Mann mit dem Schnurrbart in das Café kam, der Austausch von Wohlwollen und Verachtung. Später machte es sich der Mann mit dem Schnurrbart zur Gewohnheit, immer, bevor er das Café betrat, zweihundert Gramm Maronen vom Maronenverkäufer an der Ecke zu holen. Er betrat das Café mit der Pfeife im Mund, mit dem Schal um den Hals, setzte sich an einen freien Tisch, bestellte lautstark seinen Kaffee und sein Bier, aß die an der Ecke gekauften Maronen, sagte »Şerefe« zu jedem, der ihm Aufmerksamkeit schenkte, hob dabei das Bierglas und hielt ihm schließlich die Tüte unter die Nase und bot Maronen an. Wenn der Angesprochene die Maronen nicht wollte, setzte er ihm so lange zu, bis er endlich Erfolg hatte.

Haß (1980)

»Dieses Lied da auf der Kassette, das ich nun schon zum fünften Mal hintereinander spiele, drückt mein Unglück am besten aus. Niemand kümmert sich um mich in meiner Welt, schwarz wie die Nacht, keinem kann ich meine Sorgen anvertrauen. Das Schicksal ist hart mit mir ins Gericht gegangen, hilflos stehe ich da, gieße meinen Kummer in ein Glas Wein, trinke ihn ganz allein auch wieder aus und höre dabei diesem Lied zu ...«

Ein Gefühl des Ekels erfüllte ihn, er gab sich jedem Schmerz hin, trieb von Gedanken zu Gedanken, zermürbte sich mit seinen unaufhörlich fließenden, stummen Tränen. Dieses Lied, diese Lieder waren seinen eigenen Worten zufolge nicht nur der Ausdruck seines Unglücks, sondern zugleich die Abrechnung damit.

Sein eigenes, sich vor Schmerzen krümmendes, elendes Ich aber, gegen das offenbar jeder, nicht wahr – er selbst nicht ausgenommen – feindlich gesinnt war, wollte er am liebsten in Stücke reißen, am Boden zerstören.

Das hatte er schon einmal gemacht, wahrhaftig! Damals war er allerdings nicht so allein auf weiter Flur dagestanden wie jetzt: Viele Freunde waren um ihn herumgewesen, die alle tief aufseufzten, als die Kassette ablief. Natürlich trank man auch Alkohol dabei. Hatte er sich nicht einmal, als er es nicht mehr aushielt, die Brust mit der Rasierklinge aufgeschnitten? War das Blut nicht Schnitt um Schnitt herausgeschossen?

»Bei Gott, wenn die Freunde mir die Rasierklinge nicht aus der Hand genommen hätten, hätte ich noch weiter gemacht ... Wenigstens wären die Schnittwunden Zeugen des hervorquellenden Schmerzes in meinem Innern gewesen.«

Er hörte sich die Kassette bis zu Ende an, drehte sie dann um, und wieder erfüllte die leise, wimmernde, gebrochene Stimme des gleichen Sängers den Raum. Viel zu oft nahm er das Wort »Himmel« in den Mund. Das hatte eigentlich nichts mit Ergebenheit zu tun. Vielmehr war es eine Art Fluch, weil seine soziale Stellung, sein Status in der Gesellschaft ihm nicht behagten und weil er das Leben, das ihm eigentlich zustand und nach dem er sich sehnte, nicht hatte führen können ... Ein Haß wuchs in ihm gegen alle möglichen Dinge oder Personen in seiner Vorstellung, Dinge und Personen, die jedoch namenlos blieben; mit diesem Haß im Herzen konnte er nichts anderes als fluchen, war zu nichts sonst fähig.

Dieses Gefühl war nicht von Bestand. Doch darüber dachte er nicht nach. Er fand einfach Gefallen an diesen Flüchen und an der Erleichterung, die sie ihm die ganzen Jahre über verschafften. Wie kam das? Je mehr er Trübsal blies, desto mehr wuchs auch sein Haß; und je mehr sein Haß wuchs, desto deutlicher schwebte ihm die Rache als Leitbild vor Augen, eine Rache, die sich aus lauter Haß zusammensetzte. Dieses Leitbild hatte sich allmählich in den Wunsch verwandelt, andere zu demütigen, und das wiederum führte letztlich nur dazu, daß sich die Demütigung wieder gegen ihn selbst richtete.

Nun ja, durch diese Flüche gab er seiner Umwelt auf nicht sehr feinfühlige Art seinen Wunsch nach Rache zu verstehen, der, solange man ihn demütigte, ständig weiter in ihm wuchs. Und den Wunsch, mit gleicher Münze den Schmerz, den die Demütigung in ihm hervorrief, wieder heimzuzahlen, indem er seinerseits andere demütigte. Im Grunde genommen waren die Flüche, die er in seinen vier Wänden ausstieß, nur Selbstgespräche, Gespräche mit Taubstummen.

Wie oft er die beiden Seiten dieser Kassette gehört hatte, wußte er selbst nicht. Ob sie lief oder nicht, der Raum war ohnehin von einem Wimmern erfüllt.

Es gibt keinen Ausweg mehr, kann keinen geben; es wird so oder so kommen, aber wie es auch kommt, immer verbrennen wir uns die Finger dabei.

Es geschieht dir recht, würde ich sagen, ganz recht geschieht es dir, du hast es nicht anders verdient ... Wenn vor ein, zwei Jahren einer aufgetaucht wäre und gesagt hätte, schau, der Weg, den du da einschlägst, ist nicht der richtige, komm, kehr um, so hätte ich geantwortet, kümmere dich lieber um deine eigenen Sachen, Mensch, was du da erzählst, läßt nur erkennen, daß du auf mich neidisch bist.

Er fügte sich selbst unbeschreibliche Schmerzen zu, und ließ sich treiben, durchwanderte wieder und wieder die Schluchten seiner Seele mit ihren tiefen Abgründen und finsteren Wäldern. Lief die Kassette überhaupt? Es machte jedoch keinen Unterschied, denn das jämmerliche Wimmern klang ihm noch in den Ohren. Eine zähfließende Masse floß langsam in die Tiefe.

Habe ich mir denn keinen Anzug gekauft? Doch.

Habe ich mir keine Krawatte umgebunden? Doch.

Sind meine Schuhe etwa nicht neu? Doch.

Habe ich mich denn nicht gründlich rasiert? Doch.

Trage ich keinen achtzehnkarätigen Ring mit Goldmünze am Finger? Doch.

In meiner Tasche stecken auch Markscheine.

Warum also halten diese Kerle mich nicht für einen Menschen?

Arbeite ich denn nicht seit Jahren, um auf einen grünen Zweig zu kommen? Habe ich nicht deshalb so gespart, mir nicht einmal Essen und Trinken gegönnt, jede erdenkliche Not auf mich genommen, mich mit einem Leben voller Opfer begnügt?

Sieht man denn nicht, daß ich ein zweistöckiges Haus gebaut habe? Was also ist der wahre Grund dafür, daß man mich so demütigt?

Warum bin ich bloß so?

Er seufzte tief, blies allen Atem in den Lungen die ganze Tonleiter hinauf aus, und seine Hand legte sich wie von selbst auf die Tasten des Kassettenrecorders.

»Ich scheiße auf so ein Schicksal ...«, brummte er vor sich hin.

Paradies kaputt (1982)

Das Leben des Fabrikarbeiters A. G., seit neun Jahren in Deutschland beschäftigt, nahm durch einen Zufall eine unerwartete Wendung. Verfügt ein Mensch nicht über die geistige Kraft, sich durch seine Sprache auszudrücken, zu artikulieren und vor allem, sich selbst mitzuteilen, so erwirbt er sich andere Fähigkeiten, andere Anlagen. Auch unser Held A. G. ist einer von jenen, die diesen Prozeß vollzogen haben. Da sein türkischer Wortschatz nicht ausreichte, die Welt, in der er lebte, zu begreifen, behalf er sich mit seinem stümperhaften Deutsch, um am Arbeitsplatz und im Gewimmel des Alltags zurechtzukommen und alle anfallenden Tätigkeiten zu erledigen. Aus diesem Grund auch trieb A. G.s Einbildungskraft, seitdem er hier lebte, üppige Blüten, wurde ein unabdingbarer Teil seiner Wirklichkeit. Das ging so weit, daß er Dinge, die er anstarrte, nicht als solche wahrnahm, sondern in etwas anderes verwandelte, das es in Wahrheit gar nicht gab, und es jedoch damit auch nicht genug sein ließ, sondern in seiner Phantasie von neuem Verbindungen zwischen diesen Dingen herstellte, Luftschlösser baute, in denen die Welt ganz anders aussah, und erst dann volle Zufriedenheit erlangte, wenn er auch die Mitmenschen und sich selbst darin angesiedelt hatte. Die Arbeit war ihm in Fleisch und Blut übergegangen, so daß seine Hände, auch wenn seine Gedanken ihre eigenen Wege gingen, ganz alleine die winzigen Teile auf dem vorüberrollenden Fließband zusammenschweißten, die Schrauben in die entsprechenden Löcher steckten und die Muttern festzogen. Dies alles war nur eine Sache der Hände. Seine Gedanken weilten anderswo. Unablässig lief das Band vorüber, und mit ihm kamen die

Träume, die ihn in eine Welt entführten, die erfüllt war von Phantasmagorien. Näherte man sich ihm in einem Augenblick, in dem er gerade einmal wieder seinen Träumen nachging, und sprach ihn an, hörte er einen in der Regel nicht, schreckte jedoch, wenn man sich davon nicht beirren ließ, auf, als erwache er plötzlich aus dem Schlaf, kam nur zögernd zu sich, sah eine Zeitlang ins Leere, als könne er nicht verstehen, warum man ihn gestört hatte, und fragte dann barsch: »Was?«. Dieses grobe »Was« entfuhr ihm dann gewöhnlich als erstes. Die nun folgenden Erklärungen hörte er sich geduldig an, nickte ab und zu und bequemte sich schließlich zu einem »Ja«. Manchmal, wenn er es für notwendig hielt, gab er auch eine andere Antwort. Doch jedes weitere Wort, das er nach diesem »Was« von sich gab, war farblos und blaß dagegen, verklang, ohne einen Eindruck zu hinterlassen.

Am Anfang waren diese Spiele und Ausflüge in die Welt der Träume harmlos und leicht überschaubar. Eindeutig eine Spiegelung der Einsamkeit, des Daseins in der Fremde und seiner Sehnsüchte. Während das Band vorüberzog, fand er sich immer wieder von einem Augenblick zum andern in der Steppe, in seinem Dorf in der Steppe. Das, wovon er träumte, existierte tatsächlich: Das Lehmziegelhaus, das Zimmer, das einzige, mit dem in den Boden eingelassenen Herd, die filzbedeckten Sofas, der Stall nebenan, der ringsum zum Trocknen auf die Gartenmauer ausgebreitete Kuhmist, das Heiligengrab, an dem die Landstraße aufhörte und in einen Feldweg überging, die Mutter, der Vater, die Geschwister und Freunde, Seyfi Özgeç, der Traktorbesitzer, das Kaffeehaus neben dem Krämer Izzetin und die kleine Moschee mit den Minaretten aus Holz ... Sobald all dies greifbar vor seinen Augen stand, hielt er das Dröhnen der Fabrikmaschinen für das Brummen von Käfern, die in der trüben

Luft des Dorfes umherschwirrten. Fast ein Jahr nach seiner Ankunft hier, als auch für ihn der Urlaub heranrückte, hatte er einen unvermeidlichen Traum – ihm träumte, wie er eines Tages in seinem neuen Anzug, mit quietschenden Schuhen und seinem Filzhut mit Gamsbart in sein Dorf kam, ein völlig anderer Mensch, mit einem Transistorradio in der Hand und gebündelten Markscheinen in der Brieftasche. Mit den Jahren wurden die Träume immer schwieriger, verworrener, so daß man sie nicht mehr auf Anhieb entwirren konnte. Als neun Jahre ins Land gegangen waren und seine Ersparnisse inzwischen viele Tausende betrugen, kannte seine Phantasie keine Grenzen mehr. All diejenigen, mit denen er seit seiner Kindheit vertraut war und die inzwischen längst das Zeitliche gesegnet hatten, erweckte er wieder zum Leben und stellte sie erneut in Zeit und Raum.

Und während die sich im Dorf mit ihrer täglichen Arbeit abrackerten, fuhr er in die Kreisstadt, ging ins Grundbuchamt zum Katasterbeamten, bezahlte für all die um das Dorf herum brachliegenden Felder, deren Besitzer nicht mehr ausfindig zu machen waren, zahlte mit barem Geld über ihren Schätzwert hinaus und ließ sie auf seinen Namen ins Grundbuch eintragen. Dann begann er auf diesen Ländereien mit allerlei Bauarbeiten. Doch man soll nicht etwa denken, daß er Häuser errichtete, nein, er beschäftigte sich vielmehr mit einer Art Übertragung. All die Gebäude, die er je in Deutschland gesehen, an denen er Gefallen gefunden hatte und die ihm nicht mehr aus dem Kopf gingen, sah er jetzt in Gedanken auf seinem eigenen Grund und Boden stehen. Und was es da nicht alles gab … Alles, aber auch alles – angefangen von Gartenhäusern mit steilen Satteldächern, vielstöckigen Betonbauten und Autobahnbrücken bis hin zu kleinen, von Gärten eingerahmten Barockschlössern war alles vertreten, sogar Kirchen, die ihn beeindruckt hatten (nicht als Kirchen zwar, aber als mühsam daraus zusammengebaute Moscheen). Den Horizont hinter seinen Feldern, die sich dehnten, soweit das Auge reichte, bildeten Fabriken mit ihren rauchspeienden Schlöten. Und da er sich nicht mehr zügeln konnte, vervollständigte er dieses Bild noch mit Kneipen, Cafés und Kaufhäusern, bis es endlich komplett war. Und er vergaß nicht, unzähligen Deutschen, ob er sie nun persönlich kannte oder nicht, in diesem Spiel der Imagination eine Rolle zu übertragen. Und noch etwas ... Wie ein sorgfältig arbeitender Drehbuchautor verfolgte er ihre Erlebnisse in bestimmten Situationen bis in alle Einzelheiten und ließ sich förmlich mitreißen von dem Film in seinem Kopf.

Auch an jenem Tag, dem 14. Mai 1981, einem Donnerstag, war er zwischen der Brotzeit und der Mittagspause mit seinen Gedanken wieder einmal weit weg. Er durchlebte zum soundsovielten Male ein Ereignis, von dem er in der letzten Zeit immer wieder glückselig geträumt hatte ...

An dieser Stelle muß man einmal klar sagen: Auch mit überlegt gewählten Worten ist man nicht in der Lage, dieses Erlebnis so nachzugestalten, wie er es sich in seinem Enthusiasmus ausmalte. Daher unternimmt man am besten gar nicht den Versuch, es zu beschreiben, sondern stellt nur lapidar fest, daß ihm »von einem Erlebnis geträumt hat«. Hoffentlich können auch Sie dieser Haltung Verständnis entgegenbringen; die Träume eines Menschen sind nämlich nur auf ihn zugeschnitten, sind nur für ihn da. Auch als Schriftsteller ist man außerstande, die Wunschbilder eines anderen zu beschreiben. Wichtig ist nur, daß A. G. träumt, aber nicht, seine Vorstellungen in Worte zu fassen. Das bisher Erzählte hatte nur den Zweck, Sie ein wenig mit

A. G. vertraut zu machen. Die eigentliche Geschichte beginnt erst jetzt.

A. G. war wieder einmal der Welt um sich herum entflohen. In dem allgemeinen Hin und Her der Menschen, die irgendwohin eilten, zog das Fließband vorüber, mit seiner gewohnten Monotonie, seiner Ziellosigkeit.

»Peng, peng!«

Erschrocken drehte er sich in die Richtung, aus der die Stimme kam. Hansmann stand unmittelbar vor ihm. »Peng, peng, peng!« Jetzt trat der Transportarbeiter Hansmann mit seinem kindlichen Gesicht, das gar nicht so recht passen wollte zu seiner hünenhaften Erscheinung, einen Schritt hinter ihn und tat so, als schösse er mit einer Pistole auf ihn. »Peng, peng! ...«

»Was denn?« fragte er in erstauntem, gleichzeitig aber beleidigtem Ton. »Mann, was penk, penk?« Hansmann, zu Scherzen aufgelegt, setzte jedoch den Spaß fort und wiederholte: »Peng, peng! ... Tu nicht so naiv! Gestern hat doch glatt einer von euch ein Attentat auf den Papst verübt, auf den Heiligen Vater ...«

»Ach so!«

»Der Kerl wäre im Paradies gelandet.«

Die Nachricht von diesem Attentat hatte er schon heute morgen, als er zur Arbeit kam, im Umkleideraum gehört. In der Pause war es das einzige Gesprächsthema gewesen. Sicherlich führte Hansmann etwas im Schilde, wenn er ausgerechnet zu einer Zeit auftauchte, in der die Arbeit auf vollen Touren lief, um unter dem Vorwand des Attentats sein Spielchen mit ihm zu treiben.

»Weißt du, was der Papst gesagt hat, als er wieder zu sich gekommen ist? Armer Junge, hat er gesagt, ich vergebe dir. Mein Leben ist in Gottes Hand.«

Der Mörder kann unmöglich ein Türke sein, ging es A. G. durch den Kopf, doch wie hieß das auf Deutsch? »Nix Türke, Anarchist!« versuchte er sich radebrechend zu verteidigen. Hansmann lachte und tätschelte ihm die Schulter: »Egal, egal! Der Heilige Vater hat genug Geld, um sich das ersehnte Paradies zu kaufen, sei es auf dieser Welt, sei es im Jenseits ... Du kannst das natürlich nicht, er aber schon ...«, fügte er dann mit Bedauern hinzu.

In der Zwischenzeit hatten die Arbeiter am Band die Geschwindigkeit gedrosselt und machten bei dem Jux mit. Als sie nach einer Weile wieder ihre Arbeit aufnahmen, versuchte A. G., das Geschehen auf seine Weise zu interpretieren.

Zuerst glaubte er, man hätte ihm ein Signal gegeben. Es ging nämlich das Gerücht um, daß nach den Sommerferien Entlassungen ins Haus standen. »Sicher ist das ein Vorwand, und in erster Linie werden sie dann Türken entlassen. Hat der Kerl keine bessere Zeit finden können, um den Papst zu ermorden? Das war der denkbar ungünstigste Augenblick ...«

Er hatte fast Hunderttausend beisammen. Die zweiten Hunderttausend waren ihm einstweilen nicht so wichtig, mußten doch zunächst einmal die ersten komplett sein ...

Ungeduldig, fast verzweifelt, erwartete er den Feierabend, bedrängt von sich übereinanderschiebenden Träumen. Es war keine vage Vorahnung mehr, sondern seine feste Überzeugung, daß sein Dasein in Deutschland nun an einen Wendepunkt gelangt war. Und derlei Vorzeichen mußten ihn in seiner Meinung nur noch bestärken. Er seufzte tief, beklagte sein Schicksal und meinte schließlich lapidar: »Das Schicksal will es so, es kommt alles, wie es kommen muß!«

Das Fließband verwandelte sich von einem Augenblick zum andern in ein ganz ungewöhnliches Band:

Eines, das einem Überdruß bereitete, Langeweile und Plackerei bedeutete, ein Band, das nicht länger Träume beförderte. Er fühlte einen fürchterlichen Schmerz in den Schultermuskeln.

Nach Feierabend vertrieb er sich meist die Zeit am Hauptbahnhof, wo er, die Hände auf dem Rücken gefaltet, ziellos auf- und abmarschierte, und wenn ein Bekannter vorbeikam, mit ihm ein paar Worte wechselte. An den Wochenenden dagegen saß er, wenn er gerade Lust verspürte, in den verschiedenen Kneipen der Umgebung.

Als er an jenem Tag den Betrieb verließ, schlug er wieder die Richtung zum Bahnhof ein, um dieses Mal einige andere Kneipen aufzusuchen, in denen vielleicht eine andere Atmosphäre herrschte und die einen anderen Zauber ausstrahlten. Er war sich noch nicht ganz schlüssig. Zuerst ging er in den Warteraum und ließ seinen Blick umherschweifen, bis er jeden Winkel durchmessen hatte. Aus unerfindlichen Gründen hatte er etwas dagegen, allein Platz zu nehmen und einen Kaffee zu trinken. So kehrte er gelangweilt dem Saal den Rücken.

Später erinnerte er sich, in einer halbdunklen, von rotem Schummerlicht spärlich erleuchteten Bar gesessen zu haben. Seltsamerweise war er in Gesellschaft Hansmanns und zweier weiterer Leute vom Betrieb, deren Namen er nicht kannte. Wo und wie sie sich begegnet waren, daran konnte er sich nicht erinnern. Zu dieser Gruppe der vier Männer stieß eine Weile später noch eine Frau mit einem Mausgesicht, deren Beine durch den Schlitz des grünen Rockes bis zu den Oberschenkeln hinauf zu sehen waren. Unbeteiligt hörte sie dem Gespräch zu, überging gleichgültig die Unflätigkeiten, die unter dem Einfluß des Alkohols immer wüster wurden, nahm widerwillig die Handgreiflichkeiten in Kauf. Nur gelegentlich, wenn einer sie allzu fest zwickte, schrie sie mit hoher Stimme »Au!«, blieb aber bei den vier Männern am Tisch sitzen trotz ihres groben, rücksichtslosen Benehmens. Wenn sich ihr Likörglas leerte, umschmeichelte sie mit allen Tricks, die ihr zur Verfügung standen, den, der gerade am nachgiebigsten zu sein schien, bis er ihr noch ein Getränk bestellte.

Je weiter die Stunde vorrückte, desto bedeutungsloser wurden ihre Gespräche; Gelächter, abgebrochene Wörter hingen in der Luft, schwirrten zusammenhanglos durch den Raum. Die Gesichter wurden dünner, dünn wie Kerzen.

In der Morgendämmerung verließen die vier Männer und die Frau das Lokal.

»Wo gehen wir hin?« fragte der mit dem rötlichen Schnurrbart und der Lederjacke unternehmungslustig.

»Ins Paradies!« antwortete sein Kumpan, ein kleinwüchsiger Mann und steckte die Hände in das Dekolleté der Frau mit dem Mausgesicht.

»Laß mich los!« kicherte sie geziert und versuchte, indem sie sich krümmte und wand, seinen Händen zu entkommen.

»Peng, peng, peng! . . . Heiliger Vater, hah, hah . . .«

Von neuem wiederholte Hansmann den Fez, den er schon die ganze Nacht hindurch gemacht hatte; nur lallte er jetzt, spuckte um sich, und außerdem plagte ihn der Schluckauf.

In der kühlen Luft fühlte sich A. G. wie benommen.

Alle zusammen stiegen in ein Auto. Der Kleinwüchsige setzte sich ans Steuer. Nach einigen vergeblichen Versuchen sprang der Motor an.

Die Straße war feucht. Die Straßenbahnschienen in dem groben Kopfsteinpflaster, auf denen der matte Widerschein der Straßenlichter glänzte, liefen schnurgerade bis zur nächsten Biegung. Leicht auf- und abfedernd fuhren sie eine Weile durch die menschenleere Stadt. Sie erreichten den Stadtrand, kamen durch ein Industriegebiet. Die Fabriken, Werkhallen und Lagerhäuser links und rechts, die mächtig und dunkel dastanden, bildeten im kalten Licht der Neonröhren bizarre Kulissen, in denen Leere und Einsamkeit wohnten. Kurze Zeit später bogen sie in einen stockdunklen Feldweg ein. Ruckartig hielt der Wagen an. Der kleinwüchsige Mann am Steuer zog die Handbremse an und drehte sich halb um:

»Meine Herren, wir sind da. Endstation! Wer fängt an?«

Seine Stimme klang dominierend. A. G., mit hängendem Kopf, öffnete angestrengt die Augen und fragte mit verdrießlicher Stimme: »Was?«.

Die anderen übergingen diese Frage geflissentlich. Beim Auslosen durch Münzwurf gab es keine Unstimmigkeiten, so daß die Reihenfolge friedlich geregelt wurde.

Der Mann mit dem roten Schnurrbart und die Frau blieben im Auto, die anderen stiegen aus. Kaum waren sie im Freien, steckten sie sich, als hätten sie das vorher abgemacht, eine Zigarette an, und die Flammen ihrer Feuerzeuge flackerten auf und erloschen wieder.

Es war kalt. Im blassen Mondlicht ergriff sie ein Schaudern. A. G. wurde es übel. Ein nicht zu unterdrückendes Rülpsen nahm Besitz von ihm, und zwischendurch kam ihm immer wieder die Galle hoch. Das würde er nicht mehr lange ertragen können, das war ihm klar. Er hatte den Eindruck, als drehten sich Mühlsteine in seinem Magen, als stieg unter einem furchtbaren Druck alles Wasser in ihm hoch bis in Rachen und Mund, um am Ende ganz herauszuschwappen. Dieses bittere, brennende Wasser überspülte förmlich seinen Verstand. Er rannte hinüber in den Schatten eines Gebüsches, und dann hörte man, wie er sich mit tiefem Ächzen übergab.

»He, Türk, wo bist du denn, Kerl? Du bist an der Reihe!«

»Peng, peng, peng! ... So versteck dich doch nicht, jetzt ist nicht die Zeit, Späße zu machen!«

»Zu dieser Stunde sieht Allah ja nicht, was du treibst! ...«

»Bald wird es hell, mach schon, wir wollen rechtzeitig abziehen ...«

Sie schwärmten in alle Richtungen aus und suchten in der zur Neige gehenden rauhen Nacht, müde und schläfrig vom Rauchen, Alkohol und vom Sex, A. G., der auf geheimnisvolle Weise verschwunden war. Vergebens. In der endlosen Stille hatten sie bald keine Lust mehr, weiterzusuchen.

»Na ja ... Dann Gute Nacht!«

»Guten Morgen! Viel Spaß! ...«

Sie gaben die Suche endgültig auf und stiegen erleichtert ins Auto. Das Brummen des Motors entfernte sich allmählich, wurde immer leiser, verschwand.

Als A. G. die Augen aufschlug, fand er sich mitten im frischen Grün eines Feldes. Die laue Luft wehte ihm allerlei Düfte in die Nase und die schwarze, fettige Erde unter ihm fühlte sich feucht an. Zwischen dem Weizen, der schon zwei Handspannen hoch war, blühten da und dort gelbe und violette Blumen. Die Sonne funkelte in den Tautropfen des frühen Morgens, verwandelte sie in Kristallperlen, die eine unsichtbare Hand überallhin verstreut hatte. Käfer summten, Schmetterlinge flatterten vorüber.

»Wo bin ich eigentlich?« fragte er sich verblüfft. Er rieb sich die Augen, schloß sie dann wieder. Als er sie langsam zum zweiten Mal öffnete, glaubte er rings um sich eine Traumwelt zu sehen, die sich gleich in nichts auflösen würde. Aber nein, es war die Wirklichkeit. Nur brummte ihm gehörig der Kopf. Er hatte einen bitteren Geschmack, wie nach

Gift, im Mund, und seine Kehle war vollkommen ausgetrocknet.

»Was machen Sie denn hier? Du liebe Zeit, wie sehen Sie denn aus? ... Ist Ihnen etwas zugestoßen?«

»Was?«

»Sehen Sie sich nur mal an, in bester Verfassung sind Sie nicht gerade. So sagen Sie schon, was ist los mit Ihnen?«

Die Stimme, die da so sprach, gehörte einer jungen Frau, die unvermittelt neben ihm stand. Ihre nackten Füße steckten in Holzpantinen, und ihre gütige Stimme bildete einen scharfen Kontrast zu ihrem schwerfälligen Körper und dem runden, einer Sonnenblume ähnelnden Gesicht.

»Wie sind Sie hierhergekommen? Kann ich Ihnen helfen? Können Sie laufen?«

»Danke schön, danke schön ... Mir fehlt nichts.«

Er raffte sich etwas auf, betrachtete mit Verwunderung seine Umgebung, sann darüber nach, was sich da abgespielt hatte. Bis zum Horizont dehnte sich das Feld, eine Reihe von Schloten setzte ihm ein Ende. Er fühlte sich innerlich gelöst. Vor seinen Augen schwebten Engel, deren Gesichter dem der Frau glichen, die noch immer vor ihm stand. Er genoß die Beschaulichkeit eine Weile. Dann verschwammen die Engelsgesichter, auch ihre zu den Fersen herabwallenden blonden Haare und schließlich, einer nach dem andern, auch ihre seidenen Flügel. Die Umrisse ihrer Körper verloren sich und hinterließen in seinem Bewußtsein nichts weiter als eine Vielzahl von Flecken. Seine Seele war gefangen in einem Wirbel der Qual, eine Kneifzange drückte sie von allen Seiten. Sein Körper war gleichsam eingeschlafen, ohne Gefühl.

»Wenn Ihnen nichts fehlt, so gehen Sie doch! Nach einem kurzen Marsch erreichen Sie die Straße; dort nimmt Sie bestimmt jemand im Auto mit in die Stadt.

Warum starren Sie mich so an? Haben Sie nicht gehört, was ich sagte? Ich habe Angst, gehen Sie ... Ich flehe Sie an, ich möchte Ihnen wirklich nur helfen ...«

Er bohrte mit aller Kraft seine Finger in den Hals der Frau und drückte zu; ein unverständliches Röcheln ersetzte alle weiteren Worte.

»Nein, ich werde nicht gehen. Ich bleibe hier.«

Es kümmerte ihn nicht, daß die junge Frau zusammensackte. Es schien, als schwimme er in einer Welle des Glücks. Im Traum stellte er einige seiner Häuser auf dieses Feld hier, das sich so endlos weit dehnte und erst am Horizont unmittelbar vor den Fabrikschloten ein Ende fand. Dabei vergaß er nicht, auch für das kleine Barockschloß im Park, an dem er jeden Morgen auf dem Weg zur Arbeit vorüberging, in einer Ecke einen sorgfältig ausgewählten, ihm angemessenen Platz zu reservieren.

Herrn Otto Köpkes Untermieter. Porträt eines jungen Mannes (1966, 1982)

Ich muß gestehen, jenen Winter verbrachte ich, ohne einer Arbeit nachzugehen, ausschließlich im Bett. Natürlich möchten Sie nun gerne wissen, wovon ich lebte. Ich erzähle es Ihnen:

Ich wohnte bei einem alten Mann im Nordwesten der Stadt zur Untermiete. Hauste in einem kleinen Zimmer. Ein Kachelofen stand darin. Die Kacheln waren schmutzigweiß, stellenweise gesprungen. Das einzige Fenster blickte auf den Hinterhof. Eine der beiden Türen war mit einem Spiegelschrank verstellt, die andere ging auf den Korridor. Betrat man das Zimmer, so stand rechts ein Tisch mit einer grünlichen Marmorplatte aus einem Stück. Da der Tisch nicht weit vom Bett entfernt, also leicht zu erreichen war, stapelte sich alles darauf, was ich benötigte: Papiere, Zeitungen, Zeitschriften, schmutzige Kaffeetassen, ein Aschenbecher, ein Wecker... An den Wänden hingen einige Plakate. Die blauen Blumentapeten mußten bestimmt schon zehn Jahre alt sein. Da ich es anders als viele meiner Altersgenossen überflüssig fand, sie mit weißer Farbe zu übermalen, hatte mein Zimmer wenig Ähnlichkeit mit den typischen Studentenbuden. Der Wekker klingelte schon ziemlich früh am Morgen. Wütend stellte ich dann immer den Lärm ab. Nein, nein, Sie denken falsch, ich unterbrach nicht das Rasseln, sondern zog mir nur die Bettdecke über das Gesicht und hielt mir die Ohren zu. Der Wecker mußte läuten, denn mein Vermieter sollte glauben, daß ich aufstehe und zur Arbeit gehe, und ich konnte mir auf diese Weise noch einige Stunden Ruhe gönnen. Im Grunde war ich ja nicht faul, konnte aber nicht verstehen, wieso andere zur Arbeit gingen. Ich konnte mir auch nicht vorstellen, wozu diese Art Arbeit nützlich sein sollte. Und, was noch wichtiger ist, ich hatte nicht das Gefühl, etwas geleistet zu haben, wenn ich so arbeitete. Ja, glauben Sie mir, dieser Gesichtspunkt ist von nicht zu unterschätzender Bedeutung. Zuerst einmal muß man ja davon überzeugt sein, daß die Arbeit, die man macht, auch wichtig ist. Ich meinte stets, für größere Aufgaben geschaffen zu sein. Eine Unersättlichkeit ohne Grenzen, man hätte sie auch Leidenschaft nennen können, trieb mich um, ein Chaos, ein Gefühl des Unbehagens und noch viele andere Empfindungen, die ich nicht näher beschreiben kann, hinderten mich an der Arbeit. Natürlich machte mir die Geldknappheit, die sich zwangsläufig einstellte, anfangs zu schaffen; aber ein Grund zur Kapitulation ist sie nicht, man gewöhnt sich auf jeden Fall mit der Zeit daran. Man braucht nur ein einigermaßen dickes Fell, und selbst das stellt sich allmählich ein. Schließlich ist man soweit, daß einem die Kritik der anderen gleichgültig wird.

Meine bereits erwähnte Unersättlichkeit kam wahrscheinlich daher, daß ich der Überzeugung war, die Welt nach meinen Vorstellungen verändern zu können. Im Grunde genommen hatte uns die Welt auf eine Weise geformt, an die wir uns nicht gewöhnen können, und die außerdem unserer Natur zuwiderläuft. Und nun, ganz richtig, mußte ich wohl die Welt erneut verändern, und zwar auf eine Weise, die mir entsprach. Ich war fest davon überzeugt, daß mir das gelingen würde. Auch Napoleon, glaube ich, war wohl davon ausgegangen. Na ja, ich fange schon wieder an, Unsinn zu reden. Nein, ich bin nicht so vermessen, mich mit Napoleon vergleichen zu wollen, diese Gegenüberstellung ist nur meiner Gedankenlosigkeit zuzuschreiben. Ich wollte eigentlich nur das Thema wechseln, um zu zeigen, daß ich im Recht bin . . .

Da Herr Otto Köpke, mein Vermieter, nachts arbeitete, kam er immer erst am frühen Morgen nach Hause. Er war Schrankenwärter. Er trug einen dunkelblauen Mantel, mit dem er die Straße kehren konnte. Die Mütze war aus dem gleichen Stoff. Er stammte aus Pommern. Im Ersten Weltkrieg war er Sanitätsgefreiter gewesen. Nackte oder halbnackte Frauenbilder hatten es ihm angetan. Hin und wieder, wenn ich welche fand, gab ich sie ihm. Dann bot er mir stets ein Brot mit Zwetschgenmarmelade oder ein Glas billigen Cognac an. Den Wecker stellte ich nur seinetwegen. Das Klingeln war eine Art Garantie für ihn. Zweimal hatte er die Inflation erlebt. Obwohl er eigentlich hätte wissen müssen, daß das Sparen auch keine hundertprozentige Sicherheit bot, drehte er nach dem Tod seiner Frau jeden Pfennig zweimal um und legte soviel auf die hohe Kante, wie es nur ging.

Weil ich schon seit langem die Miete nicht mehr bezahlen konnte, mußte ich diese kleine Mühe auf mich nehmen und durfte ihm nicht auch noch sein letztes bißchen Zuversicht stehlen; es wäre zu grausam gewesen. Außerdem machte es mir nicht allzuviel aus, strengte mich nicht über Gebühr an. Alles, was ich tun mußte, war, vor dem Schlafengehen den Wecker aufzuziehen. Wenn der Wecker läutete, so dachte er jedesmal, ich würde aufstehen und zur Arbeit gehen. Anschließend schlief er beruhigt ein. Der Arme hätte sich sicher nicht damit abfinden können, mich nachmittags, wenn er aufstand, im Bett vorzufinden.

Ich gab mir alle Mühe, ihm gegenüber recht freundlich zu sein. Am Anfang hatte ihn die Wut gepackt und er hätte mich fast angeschrien. Lief sein Gesicht rot an, schwollen ihm die Adern am Hals, wußte ich, woran ich war. Vielleicht überlegte er aber auch, ob er härter vorgehen sollte: zur Polizei gehen, mich vor die Tür setzen. Doch er unternahm nichts, schimpfte nur ein wenig.

Es war sehr kalt draußen, der Winter wollte kein Ende nehmen, was mir recht gelegen kam. Ich versicherte ihm jedesmal, daß ich bestimmt am nächsten Tag zur Arbeit gehen würde. Daraufhin fühlte er sich etwas erleichtert. Doch war dies reine Selbsttäuschung. Je mehr meine Schulden stiegen, desto enger fühlte er sich mir verbunden, wobei ich natürlich mit salbungsvollen Worten diese Vertrautheit weidlich ausnützte. Da er davon ausging oder zumindest hoffte, eines Tages das Geld zu bekommen, glaubte er, was ich ihm versprochen hatte, und atmete erst einmal auf. Er lud mich zum Essen ein. Neben den Geleisen hatte er von der Bahndirektion einen kleinen Garten gemietet, in dem er Kartoffeln und Erdbeeren anbaute. Deshalb gab es bei ihm immer reichlich Kartoffeln, und auch mich bedachte er mit einem ganzen Teller voll.

Ich erzählte ihm lang und breit, was für ein wertvoller Mensch ich sei und daß er selbstverständlich, hätte ich erst einmal Großes vollbracht, daran auch teilhaben würde und ordentlich stolz sein könnte. Trotzdem schärfte er mir abends, als er zur Arbeit aufbrach, noch einmal ein, nur ja den Wecker früh zu stellen, aufzustehen und auf alle Fälle irgendeiner Arbeit nachzugehen.

Herr Otto Köpke! Natürlich ziehe ich den Wecker auf, und du wirst, wenn du frühmorgens von der Arbeit heimkommst und dich ins Bett legst, den Wecker schrillen hören, dann beruhigt einschlafen und, wenn du gegen Mittag aufstehst, mich wieder im Bett vorfinden; denn ich will nicht arbeiten. Das Arbeiten ist nichts für mich. Es ist für Leute wie dich. Es ist für kleine Leute, für Leute von deinem Schlag.

Trotz der Kälte im Zimmer war es im Bett herrlich warm. Es war so angenehm, daß ich sogar beim Rekken und Strecken schon wieder meinen Träumen nachhing. Die Arbeiten, die ich zu erledigen hatte, gingen mir durch den Kopf. Die Pläne, die ich schmiedete, die großen Visionen würden die Welt aus den Angeln heben. Was ich mir heute im Bett ausmalte, konnte morgen schon Wirklichkeit sein. Was heißt hier, konnte! Es würde Wirklichkeit sein. Zuerst aber mußte ich mir über alle Besonderheiten, alle komplizierten Einzelheiten des zu vollbringenden Werks ein für allemal vollkommen im klaren sein. Ich mußte also nachdenken, und welcher Ort wäre dafür geeigneter gewesen als das Bett? Draußen war es kalt, es lag Schnee, dessen kühles Weiß alles ringsum beherrschte.

Ja, in jenem Winter waren alle Einzelheiten meines bisherigen Lebens, auch die unscheinbarsten, an meinem geistigen Auge vorübergezogen, hatte ich alle Erinnerungen wie einen Film Revue passieren lassen, hatte all die Ereignisse, die die Entwicklung meiner Person beeinflußt haben mußten und tiefe Spuren in meinem Leben hinterlassen hatten, zusammengetragen oder, besser gesagt, der Wirklichkeit entrissen, wie es mir gerade gefiel, und so angeordnet, daß ich, hätte man mich danach gefragt, hätte sagen können, sie seien »Meilensteine meines Lebens«. Besonders viel Sorgfalt verwendete ich auf meine selbst zusammengestellte Biographie, denn sie sollte meinen Wünschen entsprechen, und eigens zu diesem Zweck ließ ich mich auch nicht abhalten, einige Korrekturen vorzunehmen und Passagen hinzuzufügen, die frei erfunden waren. In jenem Winter, den ich im Bett verbrachte, in dem ich zum erstenmal über mich nachzudenken begann, erschien es mir besonders wichtig, mir eine Biographie auszudenken.

Und hier sind sie nun, die neun Kapitel meiner Biographie, Stationen meines Lebens, die ich mir zurechtlegte, sorgfältig anordnete und schließlich in die richtige Form brachte:

Wenn ich groß bin, werd' ich 'n Fischer

Anfang 1950, als die Türkei noch eine Welt für sich war, kam ich in die Schule. Ich war gerade sechs. Im gleichen Jahr wurde meine Schwester geboren. Damals bekam man das Benzin auf Bezugsschein. Als meine Mutter hochschwanger war, stellte unser Nachbar, der Chauffeur Mithat Efendi, aus lauter Respekt vor ihr eigens einen Kanister Benzin auf die Seite. Eines Nachts dann setzten die Wehen ein, und die Hebamme des Viertels meinte, es würde eine schwierige Geburt werden. Mein Vater schlug vor, sie ins Krankenhaus zu bringen und eilte zum Chauffeur Mithat Efendi. Hasane, seine Frau, die sich eilig etwas übergezogen hatte, kam ebenfalls. Alle zusammen trugen wir meine Mutter zum Auto hinunter und fuhren los. Mein Vater kam nicht mehr zurück in jener Nacht. Erst am nächsten Tag erschien er wieder.

Auf dem Klavier standen die Bilder aus der Jugendzeit meiner Mutter, auf denen sie Kleider mit Spitzenkragen trug. Auch die Photographien meiner Onkel und Tanten hatten dort Platz ... Wir waren eine Großfamilie.

Zweimal in der Woche kam Mademoiselle, meine Klavierlehrerin, eine alte Jungfer, auf deren Lippen und Wangen lange schwarze Haare wuchsen. Sie bekam zwei Lira pro Stunde. Sie legte ihre verschrumpelten Hände auf meine, klemmte meine Zeigefinger zwischen ihre Finger, so daß sie wie in einem Schraubstock saßen und führte sie geschwind über die knöchernen Tasten, hin und her, hin und her. Diese Tortur währte eine Stunde, manchmal auch länger. Mir war nicht wohl in meiner Haut, ich konnte aber nicht aufmucken. Das Klavier stand in unserem Empfangszimmer. Jeden Tag kam eine Unzahl von Damen, um meine Mutter zu besuchen. Und kam einmal niemand, so machte meine Mutter ihrerseits einen Besuch, bei einer von ihnen, wohin sie auch mich mitschleppte.

Jeden Tag kehrte das Dienstmädchen das Empfangszimmer und wischte Staub, so daß es für die Besucherinnen am Nachmittag gerüstet war. Die Gäste trugen immer dieselben Gesichter, stammten immer aus den gleichen Kreisen. Viele waren schon so alt wie meine Mutter, kamen jedoch selten allein. Meist erschienen sie in Begleitung ihrer Mütter. Sie hatten sich immer in Schale geworfen und waren über und über mit Schmuck behängt. Manchmal trug die Frau des Staatssekretärs keine Diamantringe an den Ohren, oder es fehlte der Rubinring von Rüştü Paşazades Schwiegertochter ... Sobald sie fort waren, unterhielten sich dann die Zurückgebliebenen über die gestiegenen Lebenshaltungskosten, beklagten sich über den täglich schwindenden Geldwert. Sie rechneten vor, wieviel sie im Monat ausgaben und warum es trotz allem hinten und vorn nicht ausreichte. Dann machten sie im Namen der Frau des Staatssekretärs oder Rüştü Paşazades Schwiegertochter kein Hehl aus ihrer Meinung: Was blieb ihnen bei dieser Teuerungswelle denn anders übrig? Sicher haben sie die Ringe verpfändet... Wenn das so weitergeht, muß ich das gleiche tun. Das ist doch keine Schande... Eine der Frauen kam dann auf sich selbst zu sprechen: Wir, sagte sie, werden das Parterre in unserem Konak vermieten. Die Mädchen sind ohnehin weg, der Sohn ist im Internat, und das große Haus steht vollkommen nutzlos und leer da ... Wenn wir unter der Treppe noch eine Küche bauen, ist das schon eine passable Wohnung... Mit eigenem Eingang... Außerdem sind wir dann wenigstens nicht so allein im Haus ...

»Bravo«, lobte mich die Mademoiselle nach der Stunde, drehte sich zu meiner Mutter um und sagte laut, in etwas gekünsteltem Ton: »Großartig! Ihr Sohn macht Fortschritte!« Ich war erstaunt, konnte nicht recht begreifen, worin der Fortschritt bestehen sollte. Bei diesen Worten blickte mich die Mademoiselle mit ihrem hinterhältigen Blick an und streichelte mir die Haare. Dann bekam sie wie gewöhnlich ihre zwei Lira und ging. Auch wenn sie beharrlich darum gebeten wurde, bei den Gästen wollte sie nicht länger verweilen. Als sie gegangen war, forderte mich meine Großmutter auf, einmal das vorzuspielen, was ich gelernt hatte. Und ich legte die Manieren eines Erwachsenen an den Tag, eines Menschen, der eine Autorität ist, und setzte mich trotzig auf den Hocker, darauf bedacht, mich jetzt zu rächen. Dann schlug ich mit aller Wucht und all meiner Wut im Bauch auf die Tasten ein. Daraufhin schickte mich meine Mutter auf die Straße. Sonst erhielt ich selten die Erlaubnis, draußen zu spielen. Diese Gelegenheit ließ ich mir natürlich nicht entgehen. Sobald jedoch die Gäste aufgebrochen waren, jagte man das Dienstmädchen hinter mir her, um mich ausfindig zu machen und nach Hause zu bringen. Oft mußte sie hinter mir herrennen. Da ich sehr flink war, konnte sie mich manchmal nur mit Mühe einfangen.

Meine Altersgenossen, die im gleichen Viertel wohnten wie ich, gingen abends zum Angeln an die Landungsbrücke. Dort lagen kleine Dampfer vor Anker. Der schwarze Rauch, der aus den Schloten stieg, vermischte sich mit dem dunklen Grün der Pinien auf den Hügelketten am gegenüberliegenden Ufer des Bosporus. Und die Fischer in ihren schmalen Booten, die mit der Strömung ruderten, ähnelten Aufziehpuppen... Im Hintergrund hoben sich gegen die nackten Hügel die Schatten der Zypressen ab.

Für mich war dies alles verboten. Einmal jedoch gelang es mir, mit den anderen Kindern des Viertels zum Strand zu gehen. Sie buddelten an der Stelle im Sand, an der die Kanalisation ins Meer mündet, und sammelten die Würmer darin auf. Oder sie tauchten ins Wasser und holten unterhalb der Landungsbrücke Muscheln hoch. Dann zerschlugen sie mit einem kleinen Stein die Schale und steckten die Muscheln oder die kleinen, sich immer noch krümmenden Würmer auf den Angelhaken. Und damals bereits entschloß ich mich, Fischer zu werden, wenn ich erwachsen war.

Ach, wenn es doch erst soweit wäre ... Aber wann war man denn überhaupt erwachsen?

Das Haus der Toten

An einem heißen Julinachmittag, an dem die Luft stillstand, sich kein Blättchen bewegte, an jenem Nachmittag, als die Großtante starb. Eine Anzahl von Menschen, die sich seit Jahren nicht gesehen hatten und die beruflich völlig verschiedene Wege gegangen waren, lief bis in den Abend hinein im Konak hin und her. Sie machten sich mit allerlei unnützem Zeug zu schaffen. Sie trieben es sogar soweit, ab und zu, was völlig überflüssig war, über die breite quietschende Holztreppe ganz nach unten in die Küche zu steigen und dort in dem grünlichen kupfernen Koch- und Eßgeschirr intensiv nach etwas zu suchen. Nachdem sie einen ausdruckslosen Blick in das Zimmer der Köchin geworfen hatten, verschwanden sie in der Regel im mittleren Stockwerk. Viele pafften aus Langeweile eine Zigarette nach der anderen, wobei sie den Rauch weit von sich bliesen. Wenn sie sich gelegentlich auf den engen Schwellen oder den leeren Korridoren begegneten, fühlten sie sich verpflichtet, ein paar Worte miteinander zu wechseln und ihre tiefe Trauer zum Ausdruck zu bringen. Wie sie selbst, war auch ihre Sprache unecht, eine leere Hülse. Die Frauen wirkten freudlos, zeigten sich ungeschminkt, trugen Kopftücher, die

Männer blickten mürrisch drein und waren offenbar in Gedanken versunken.

Tante Ahter lag in ihrem bronzenen Bett im dritten Stock. Man hatte sie mit einem weißen Laken zugedeckt. Manche hoben es neugierig hoch und betrachteten ihr Gesicht. Es war gelblich-weiß. Das Kinn hatte man ihr mit einem Musselintuch hochgebunden. Ihre Haare sahen aus, als hätten sie an dem weißen Laken geklebt. Einige scheuten davor zurück, sich der Toten zu nähern.

Gegen drei Uhr am Nachmittag brachte der Briefträger ein Telegramm. Als ob sie damit die beklemmende, triste Atmosphäre auflockern könnten, rannten ihm alle bis zur Tür entgegen und standen erwartungsvoll um ihn herum. Der Briefträger, der mit der Stimmung im Haus eines Verstorbenen vertraut war, reichte ihnen wortlos das Telegramm. Eine Weile blieben alle noch an der Tür stehen. Keiner bewegte sich, keiner sagte ein Wort, sie schienen zu Salzsäulen erstarrt zu sein. Dann blickten sie sich flehentlich an. Niemand konnte sich dem Zauber entziehen, das dargereichte Telegramm an sich zu nehmen. Den Briefträger ärgerte das, und er verzog ein wenig den Mund. Meine jüngere Tante faßte sich als erste und streckte die Hand nach dem Telegramm aus. Der Postbeamte ging wortlos durch den Garten davon und summte kaum hörbar ein Liedchen vor sich hin.

Mein Onkel las das Telegramm vor:

»Mit Betroffenheit habe ich zur Kenntnis genommen, daß unsere Großtante verstorben ist. Entschuldigt, daß ich wegen meiner Arbeit nicht kommen kann, um den Schmerz, den der Tod unserer geliebten Großtante uns zugefügt hat, mit euch zu teilen. Allah möge ihr ewigen Frieden schenken. Hazim.«

Mein älterer Onkel machte seinem Ärger Luft und zog mit derben Worten über Onkel Hazim her. Wenn ich mich recht entsinnen kann, sagte er etwas Ähnliches wie »Dieser Kerl ist schon seit seiner Kindheit an Familienbanden nicht interessiert«.

Als alle das Telegramm gelesen hatten, zerstreuten sie sich wieder in die Ecken und Winkel des Konaks. Obwohl sie es nicht wollten und zu vermeiden suchten, liefen sie sich trotzdem immer wieder über den Weg. Je mehr sie ein Zusammentreffen zu verhindern trachteten, desto häufiger stießen sie an völlig unerwarteten Orten und zu unvorhergesehenen Zeiten aufeinander. Standen sie sich aber einmal gegenüber, fühlten sie sich bemüßigt, etwas zu sagen, eine Andeutung zu machen. Die Lust, sich diesem Zwang auszusetzen, steigerte sich manchmal so sehr, daß sie ihm kaum mehr entkommen konnten. Der enge Vorraum vor der Toilette war zum Beispiel ein Ort, an dem man sich häufig traf. Plötzlich stand man sich in der Dunkelheit Auge in Auge gegenüber. Schließlich wich einer von beiden zur Seite aus, preßte sich mit seinem ganzen Körper gegen die Wand und machte so dem anderen den Weg frei. Doch anstatt daß dieser nun auf das Angebot einging, verhielt er sich genauso wie sein Gegenüber, und damit fing die Prozedur von neuem an. Nach einer Weile verdrückte sich endlich einer der beiden in die Toilette und machte damit diesem unangenehmen Spielchen ein Ende. Der Marmor dort hatte sich schon gelb verfärbt, und die Wände schwitzten vor Feuchtigkeit. Ein Geruch nach Urin und Schimmel stieg einem in die Nase. In der Ecke stand die weiße Schnabelkanne aus Emaille mit dem verrosteten Henkel.

Nach dem Tod der Tante wohnten wir noch eine Zeitlang in diesem Konak. Dann, ich war zwölf, wurde er verkauft.

Der zweite Stock war groß und bequem. Zwei breite Korridore gingen hier ineinander über, und insgesamt sechs Zimmer lagen in diesem Teil des Konaks, drei rechts, drei links. Die Zimmer auf der rechten Seite waren miteinander verbunden. Das kleine Zimmer hinten, in dem nach Tante Ahters Tod ihre Truhen und alle übrigen Sachen untergebracht waren, besaß nur ein Fenster. Die Mehrzahl der mit Kacheln verkleideten Holzöfen in all den Zimmern wurde nicht benützt, und so spielte sich das Leben in den Wintermonaten in drangvoller Enge fast ausschließlich in diesen beiden Zimmern ab. Das große Zimmer diente als Gästezimmer, dort empfing meine Mutter Besuche. Es war das sauberste, das gediegenste im ganzen Konak. Jedes Jahr wurde es zu Beginn des Sommers frisch getüncht. Im Korridor hingen zwei vergoldete Spiegel von der gleichen Art. Der größte Teil der Möbel war europäischer Herkunft und stammte vom Gouverneur Sami Bey, dem Ehemann der Großtante. Aber die Anordnung, die Zusammenstellung, die da und dort ausgelegten Teppiche, die Kalligraphien an der Wand vermittelten eine nicht ganz echt wirkende à la turca-Ästhetik. Die beiden Wiener Kugellampen auf der Konsole hatten einen Sprung. Das letzte Zimmer auf der linken Seite war früher Sami Beys Arbeitszimmer gewesen, und mein Onkel Hazim ließ nach dem Tod der Tante das ganze Mobiliar mit einem Lastwagen abtransportieren. Nur ein zusammengerollter Teppich, einige Bündel auf den Beistelltischchen und die Bücherstapel an der Wand blieben zurück. Und eines schönen Tages kam Onkel Hazim mit seiner Familie zu uns und sprach mit meiner Mutter darüber, den Konak zu verkaufen. Auch mein älterer Onkel war offenbar einverstanden, und alle übrigen Erben, so hieß es, hatten ihren Anwälten eine Vollmacht gegeben. Als es mit dem Verkauf schließlich ernst wurde, nahm das Kommen und Gehen kein Ende mehr. Immer wieder, völlig unerwartet, stand eine Anzahl Leute vor der Tür, besah sich den Konak von oben bis unten, wollte dies und jenes wissen. Auf Wunsch meines Onkels Hazim wurde schließlich ein Teil des Mobiliars an den Meistbietenden verschachert. Dies mitzuerleben, war ein Vergnügen sondergleichen für mich. Der mollige Mann mit der Glatze, der die Versteigerung vornahm, hatte es mir angetan. Zusammen mit anderen Kindern ahmte ich ihn im Garten stundenlang nach. Einen Augenblick lang kam es uns in den Sinn, mit dem Wasserschlauch das Wasser im Teich aufzufüllen. Bald gaben wir jedoch diesen Plan auf, weil er uns zu langwierig erschien, rührten im leeren Teich statt dessen Erde mit Wasser an und bauten Türme damit. In diesem Moment geschah es: Der Enkel meines älteren Onkels fing auf einmal zu heulen an, war über und über voll Dreck und wollte, glaube ich, wohl aus dem Teich hinaus, was er jedoch nicht schaffte; wir aber, anstatt ihm zu helfen, machten uns nur über ihn lustig ... Auf sein Geschrei hin kam mein Onkel in den Garten gelaufen. Wir aber, die Kinder aus dem Viertel und ich, liefen, was die Beine hergaben, und flohen hinter die Gartenlaube. Der Jasmin, der die Laube überwucherte, war ziemlich verwildert, ineinander verschlungen und sah unkultiviert aus. Der Garten war, da keiner ihn pflegte, ohnehin übersät mit Dornen und Unkraut. Aus dem Geißblatt in der Ecke, das Tante Ahter selbst gepflanzt und mit viel Liebe gehegt hatte, waren wild emporschießende Büsche geworden, die kühn ihre Äste in alle Richtungen reckten.

Gegen Abend waren alle fort. Der Konak gehörte wieder seinen Bewohnern. Bei Tisch fing meine Mutter plötzlich zu weinen an. Meine Tante Süheyla war intensiv damit beschäftigt, ihr Okra auf den Teller zu häufen. »Bei Allah, ich will nicht, kann nicht essen«, sagte meine Mutter, und ihre Stimme klang dünn und eigenartig. Ich mußte unweigerlich lachen. Meine Großmutter erteilte mir daraufhin eine Rüge. Dann fing auch noch mein Vater an, mich auszuschimpfen. Ich stand auf und versteckte mich in einem der Zimmer ganz oben. Eine Zeitlang später machten sie sich auf die Suche nach mir. Mein Vater fand mich schließlich hinter einigen Wäschebündeln, die mir als Versteck gedient hatten. »Komm jetzt, wir gehen hinunter, ich tue dir nichts«, versprach er mir. Ich brachte ein künstliches Schluchzen hervor und nahm die Pose eines Unschuldigen an. Aber weder mein Vater noch ich beharrten weiter auf unserer Rolle. Ohne langes Zögern folgte ich ihm. Während er nach mir suchte, hatte er in einer Zimmerecke eine große Menge Papiere entdeckt, die er nun ebenfalls mit nach unten nahm.

Ich kann mich erinnern, wie mein Vater seine Brille aufsetzte und dann laut vorlas. Auf einem dieser Zettel, das weiß ich noch, stand Tante Ahters Geburtsdatum, versteckt in den Zeilen eines Chronogramms:

> Unser Ihsan Bey fand anmutigen Glanz durch die Heirat mit seiner geliebten Gülizar,
> aus dem Geschlecht dieser reinen Geschöpfe stammte das Fräulein Hatice Ahter.

Während mein Vater las, begann meine Mutter wieder zu weinen.

Unser Haus in Feriköy

An einem regnerischen Herbsttag luden wir unsere Möbel auf einen Lastwagen. Als alles aufgepackt war, setzten mein Vater und ich uns neben den Fahrer. Ich hatte ein Gefühl der Freude, als hätten wir eine lange Reise angetreten. Als hätten wir uns auf den Weg in eine neue Welt gemacht. Unsere neue Wohnung kannte ich noch nicht. Seit einer Woche gingen meine Mutter und das Dienstmädchen immer wieder dorthin, um zu tünchen und alle übrigen Arbeiten zu erledigen. Meine Großmutter zog nicht mit aus, sondern blieb mit Tante Süheyla und meinem Schwager noch eine Weile im Konak. Aber auch sie mußten bis zum Winter das Haus räumen, und eines Abends beim Essen versprach ihnen mein Vater, eine passende Wohnung für sie zu suchen. Fragte man die Großmutter, so wollte sie weder umziehen noch zu uns ziehen. Was aber, wenn der Konak abgerissen wurde? Auch ich wollte eigentlich nicht so recht daran glauben. Die Käufer des Konaks jedoch hatten die Absicht, ihn abzureißen und ein Wohnhaus an seiner Stelle zu bauen. Bis zum Jahresende sollten wir den Konak verlassen, denn im Frühjahr wollte man mit den Abbrucharbeiten beginnen. Mein Vater hielt nichts davon, das Haus zu verkaufen: »Was für eine Familie seid ihr?« sagte er. »Warum habt ihr euch nicht einigen können? Wir hätten es abreißen und zusammen ein Hochhaus errichten können. Selbst wenn wir es, Wohnung für Wohnung, wieder verkauft hätten, so hätten wir wenigstens eine Menge Geld verdient.« Er redete auf meine Mutter ein, nur ja ihren Anteil nicht zu verkaufen, doch was hätte sie machen sollen? Meine Onkel und die übrigen Erben hatten beschlossen, das Haus zu verkaufen. Es wurde in neun Anteile aufgeteilt. Ich selbst suchte nach anderen Gründen für unseren Umzug. Den Gesprächen in der Familie entnahm ich, daß die Ursache des Übels mein Onkel Hazim war. Keiner in der Familie konnte ihn leiden. Er war mit Export und Import beschäftigt und lebte als einziger von uns allen im

Wohlstand. Im vorigen Winter hatte er Tante Süheyla sogar einen Mantel geschenkt.

Unsere neue Wohnung in Feriköy lag im zweiten Stock eines vierstöckigen Hauses. Sie bestand aus drei kleinen, äußerst düsteren Zimmern. Eine Küche war auch darin. Vor dem Haus fuhr die Straßenbahn vorbei.

Unter uns wohnten die Kevorks. Der junge Kevork war in meinem Alter. Wir besuchten die gleiche Schule. Sein Vater betrieb in Kazancilar Yokuşu einen Klempnerladen, an dessen dunklen, rußigen Wänden Zangen, Scheren, Hämmer in allen Größen sowie verschiedenerlei Wasserhähne und sonstiges Werkzeug hingen. Kevork hatte noch eine Schwester, ein Jahr jünger als wir, mit schwarzen Kräuselhaaren. Sie war meine erste Liebe. Zu jener Zeit war es bei uns in der Schule üblich, daß jeder Junge sich in der Phantasie eine Geliebte ausmalte und den anderen von diesem Traumbild Märchen und sonstige erfundene Geschichten erzählte.

Ich war anders als sie

Oft schwänzten wir die Schule und tranken in Beyoğlu Bier und Wodka. Manchmal waren wir in den Spielsalons so ins Kickern vertieft, daß wir die Zeit völlig vergaßen. Oder wir trieben uns vor den Türen der Bordelle herum. All dies bildete das Material für die Geschichten, die wir am nächsten Tag den Kameraden erzählten. Wir malten sie genüßlich in allen Farben aus.

Sehr bald jedoch fand ich keinen Gefallen mehr daran. Obwohl die Kameraden mich drängten, beteiligte ich mich nicht mehr so oft an ihren Streifzügen. Das war nichts für mich. Meine neuen Freunde waren meist Kinder von Kleinhändlern und Straßenverkäufern, doch hielt ich sie für etwas dumm und unbeholfen. Sie paßten nicht zu mir. Ich mußte mir einen neuen Kreis suchen. Ich vertrieb mir die Zeit gern mit Lesen. Je mehr ich las, desto weiter entfernte ich mich von ihnen.

Schließlich hatte ich nichts mehr mit ihnen zu tun, lebte nur in der gleichen Gegend wie sie, wohnte im gleichen Haus. Waren sie Fremde für uns oder wir für sie? Mußten wir uns ihnen anpassen oder sie sich uns? Wer also hatte nun eine Abstammung?

Was mir auffiel, war die Tatsache, daß wir ihnen von Tag zu Tag mehr ähnelten. Die früheren Gäste meiner Mutter blieben immer öfter weg, doch Kevorks Mutter schaute fast jeden Tag einmal herein.

Jawohl, ich war anders

Es bedeutete eine Erlösung für mich, daß ich, nachdem ich das Gymnasium absolviert hatte, hierherkam, um mein Studium fortzusetzen. Es war eine Flucht aus dem Dreierverband von Schule, Haus und Straße. Oder stürzte ich mich nur der Disharmonie in die Arme? Woher kam dieses Gefühl des Nichts? Wie soll man es erklären? Und wem?

Die Erziehung von zu Hause, das Wissen, das ich dort mitbekam, mein Elternhaus, das Milieu, in dem ich aufwuchs, das Angelesene, Angelernte lassen wir einmal beiseite ... Aber ein Reaktionär zu sein, war etwas Schlimmes, Verdammenswertes. Aber den Blick nach vorn zu richten, galt offiziell als Verbrechen. Ich und meine Altersgenossen bestanden aus einer Fassade ohne Substanz, wir waren nur eine leere Hülle.

Als ich hierherkam, fühlte ich mich mit einemmal befreit, spürte den Druck nicht mehr, der mich niederhielt und gängelte. Natürlich war das eine Selbsttäuschung, was ich auch sehr schnell merkte. Während ich den Druck nicht zur Kenntnis nehmen wollte, war ich ihm doch ständig ausgesetzt. Sechs Jahre verbrachte ich in der Mensa, wo ich las und über Flugblätter diskutierte. Obwohl mein Studium erfolgreich war, empfand ich eine gähnende Leere in mir – die mir jeden Tag verdarb. Auch wenn ich zum Tanzen ging und mich im Rhythmus drehte, hatte ich den Eindruck, meine Füße wären verkehrt am Körper befestigt. Bei den Demonstrationen, als wir den roten Fahnen hinterherliefen, wollten meine Füße genauso wenig zu mir passen wie beim Tanzen ... Die anderen, mit denen ich Arm in Arm unter den roten Fahnen marschierte, blickten mir nicht ins Gesicht. Auf meinen Lippen war ein gezwungenes Lächeln ... Aufgrund dessen, was ich gelesen hatte, fühlte ich mich zu ihnen hingezogen, doch meine Situation war ihnen fremd, fremd wie auch mein Name. Je mehr ich meiner Erlösung entgegenlief, desto größer wurde meine Gefangenschaft. Schließlich kam ich zu der Überzeugung, daß ich ein anderer Mensch war. Jawohl, ich war anders. Und eben aus diesem Grund fühlte ich mich zu einer Mission berufen.

Schriftsteller zu sein, ist ein Merkmal meiner Andersartigkeit, meiner unterschiedlichen Gedankenwelt

Als die türkischen Arbeiter mir hierher folgten, kümmerte ich mich sehr um sie.

Eines Tages ging ich mit einem Freund, einem Architekten, zu einem Arbeiterwohnheim. Es war schon Abend. Das Gebäude sah alt und heruntergekommen aus. Dem Pförtner nannten wir unsere Namen. Es bedurfte unserer ganzen Überredungskunst, bis er uns schließlich doch hinaufließ. In den Zimmern standen jeweils zwei Hochbetten. An den Wänden hingen Jakken und Hosen. Vor den Türen türmten sich Plastiktüten, vollgestopft mit Müll. In den Zimmern hausten sieben bis acht Männer. Die Luft darin war so stickig, so von Küchengerüchen erfüllt, daß man kaum atmen konnte. Mein Freund, der Architekt, stellte mich den Heimbewohnern als »Schriftsteller« vor. Alle starrten mich an. »Ja, er ist ein revolutionärer Schriftsteller, ein Freund«, fügte er hinzu, um seiner ersten Vorstellung Nachdruck zu verleihen. Wieder bestaunten sie mich, sprachlos. Schließlich wollte einer wissen, was das sei. Reichlich verlegen sagte ich, daß ich »schreibe«. Ein anderer ergriff nun das Wort und meinte: »Ja, das haben wir schon verstanden, aber wo arbeitest du?« – »Ich arbeite nicht«, gab ich zur Antwort. Daraufhin redete keiner mehr mit mir. Nur mit dem Freund, dem Architekten, plauderten sie noch eine Weile über Belanglosigkeiten. Es war außerordentlich langweilig für uns alle.

Als wir das Wohnheim verließen, sagte mein Freund: »Siehst du, das ist das revolutionäre Potential; für sie werden wir die Revolution machen, mit ihnen zusammen, und das, was du schreibst, wird ihnen den nötigen Mut dazu geben.«

Ich überließ mich meinen Gedanken.

Als ich nach Hause kam, hatte ich ein Gefühl der Ablehnung gegen alles um mich herum. Ich sah die Schriften auf dem Tisch noch einmal durch. Ich traute mir zu, ja, war überzeugt davon, daß sie die Weltliteratur auf den Kopf stellen würden. Trotzdem aber spürte ich ein Nichts in mir, ein Nichts, für das ich keine Erklärung hatte. Für wen wollte ich eigentlich schreiben?

Jedenfalls nicht für die Kerle, die immer noch nicht lesen und schreiben konnten. Was würden sie von Literatur verstehen? Ich hatte ja gemerkt, daß sie nichts verstanden, als ich sagte, ich sei Schriftsteller. Das, was ich schreiben wollte, sollte vielmehr die Spitze der menschlichen Kultur erklimmen. Alle würden es begeistert lesen. Man würde es in den Universitäten als Kunstwerk vorführen, Diskussionen, Seminare darüber abhalten. Nein, an ihnen konnte ich mich also nicht orientieren. Es war natürlich ein großer Nachteil für mich, aus einer Nation zu kommen, die zur Hälfte noch aus Analphabeten bestand, aber was konnte ich dafür? Die Welt war groß, die Weltliteratur umfangreich, auch ich würde darin sicherlich einen Platz finden. Diese Armen waren nicht mein Ziel. Sie würden mich nicht zum Stolpern bringen, ihretwegen würde ich mich nicht zugrunde richten, für die Hoffnungslosigkeit gab es keinen Raum. Hätte es einen gegeben, wären die Meisterwerke der Welt niemals entstanden. Auch ich wollte eines erschaffen, so ein großes Werk, das ...

Diese und ähnliche Gedanken beschäftigten mich, erfüllten mich ganz und gar. Ich mußte schreiben. Erneut ordnete ich meine Papiere. Was aber sollte ich schreiben? Wie sollte ich schreiben? Diese quälenden Fragen, die auch viele andere bestürmen, die schreiben wollen, gingen mir nicht mehr aus dem Kopf.

Am besten mußte ich schreiben, was mir in den Sinn kam; da ich ein Schriftsteller mit außerordentlich großen geistigen Fähigkeiten war, würde das, was ich schrieb, auf die anderen Eindruck machen, würde ihre Aufmerksamkeit erregen. Es war keine Vorbedingung, daß ich verstand, was ich schrieb. Ich wollte nur etwas erschaffen, und sich Gedanken darüber zu machen, sollte den Lesern vorbehalten bleiben ...

Während ich darüber sinnierte, blitzten, daran erinnere ich mich, meine Augen auf, und auf meinen Lippen fühlte ich eine Spannung, die in ein Zittern überging. Dieses Anliegen, dieser starke Antrieb war das einzige, was mir etwas Erleichterung verschaffte. Je größer das Verlangen wurde, desto mehr verschwand meine Langeweile.

Ich interessierte mich für die politische Literatur, wie sie damals Mode war

In meinem Kopf schwirrte es vor lauter Denkmodellen. Ich war angestrengt damit beschäftigt, das System und die Zeit zu analysieren, in der ich lebte, und das Verhalten der Menschen in jener Ordnung, jener Zeit. Ich sah Politik und Literatur als unauflösbare Einheit. Allmählich entwickelte sich in mir ein politisches Potential. Mit der Zeit wuchs mein Verlangen, meine Reizbarkeit nahm zu, ich fing an, alle Probleme vor ihrem politischen Hintergrund in Schwarz-Weiß-Manier zu bewerten, und war zutiefst davon überzeugt, daß dieser und kein anderer der richtige Weg war. Da ich davon ausging, daß meine Gedanken nur mir gehörten und andere nicht darauf kamen, scheute ich mich nicht mehr, die schwere Last meiner Mission auf mich zu nehmen. So wie es nun einmal aussah, erschienen mir meine Umgebung, die Menschen um mich herum wertlos, ja stupide. Meine Begeisterung kannte keine Grenzen. Ich sah mich überall im Recht. Hier ein Ausschnitt von dem, was mir durch den Kopf ging:

Lassen wir die Kriege auf der Erde doch einmal beiseite, sagt ihr, gut, lassen wir sie aus dem Spiel; Vergessen ist nicht so schwer, kommt euch entgegen. Gut, meinetwegen, aber die Kühlschränke, die Fernsehgeräte, die Waschmaschinen, all das Zeug aus Plastik, die vielen Luxusartikel, all die hübschen Dinge, die uns jedesmal, wenn wir sie benützen, ins Gesicht schreien, wie überflüssig sie sind, von denen wir uns jedoch nicht trennen können, all dieser Plunder erinnert mich, aus welchem Grund auch immer, an die Weltkriege, die ihr verdrängen, der Vergessenheit anheimgeben wollt. Allmählich tun sich Beziehungen zwischen dem Krieg und jeder einzelnen von diesen hübschen Kleinigkeiten auf, so daß ich ungewollt von Zeit zu Zeit alle Leute, die die Straßen der Stadt bevölkern, in Uniform sehe. Ihr alle seid zum monotonen Takt einer Trommel marschiert:

Rumms! Rumms! Rumms!

Neun Stunden am Tag verbringe ich bei der Arbeit. Rumms! Rumms! Rumms!

Ich habe einen Kühlschrank zu Hause. Rumms! Rumms! Rumms! Habe eine Waschmaschine, einen Fernsehapparat. Rumms, rumms, rumms!

Den Teppich habe ich erst vor kurzem erworben. Mein Wandschrank im Wohnzimmer entspricht der neuesten Mode, ich bin stolz darauf. Die Raten sind noch nicht abgezahlt. Rumms, rumms, rumms!

Jedes Jahr fahre ich im Urlaub für drei Wochen in den sonnigen Süden. Ein Auto habe ich auch. Rumms, rumms, rumms!

Was geht es mich an, wenn ein Mann seine knochigen Hände aufhält und um eine Schale Reis bettelt? Ich esse morgens Butterbrot mit Salami oder irgendeiner anderen Wurst. Rumms, rumms, rumms!

Was geht es mich an, wenn eine Frau mit ihrem Kind im Arm aus einem brennenden Haus flieht, den halbnackten Körper in Lumpen gehüllt? Ich habe ja meine Schuhe, die im Sommer kühl, im Winter warm halten. Rumms, rumms, rumms!

Ihr alle seid zum monotonen Takt der Trommel marschiert, jawohl.

Die Stadt vergrößert sich von Tag zu Tag, neue Häuser wachsen hoch in den Himmel. Rumms, rumms, rumms!

Die eingestürzten Häuser drüben im Fernen Osten

sind weit weg, die Kinder dort, die sich vor Schmerz krümmen, eine Ewigkeit entfernt. In Asien ... Rumms! Rumms! Rumms!

In Afrika ... Rumms! Rumms! Rumms!

In den Steppen trocknet das rote Blut ...

Rumms! Rumms! Rumms!

Jeden in meiner Umgebung hielt ich für schuldig, weil er nicht das Bewußtsein hatte, das ich besaß. Und, was noch wichtiger war: Daß ich sie für schuldig erklärte, voll tiefem Abscheu für schuldig befand, sie diskriminierte, half mir, zwischen ihnen und mir eine Distanz herzustellen. Indem ich sie so demütigte, konnte ich die Grenzen der hohen Aufgabe, zu der ich mich selbst verpflichtet hatte, noch weiter stecken. Während ich dies tat, beschlich mich eine große Unsicherheit.

Einige Worte über Maria

Maria war ein Mädchen von mittelgroßer Statur, dessen Haare an Fransen erinnerten. Ihre Beine waren wie Keulen geformt und mit dichten, blonden Haaren bewachsen. Wir hatten uns einen Sommer zuvor in einem Café kennengelernt. Wie es dazu kam, daran kann ich mich nicht mehr genau erinnern. Ich glaube, sie setzte sich einfach eines Tages an meinen Tisch. Ich tat natürlich so, als hätte ich sie nicht bemerkt und beschäftigte mich mit ernstem, mürrischem Gesicht weiter mit meinen Papieren. Sie konnte ihre Neugier nicht lange unterdrücken und fragte mich nach einer Weile, wer ich sei, was ich ihr dann erzählte. Sie hörte mir aufmerksam zu, und da sie eine so gute Zuhörerin war und mein Selbstvertrauen dadurch, daß ich auf Anerkennung stieß, zusehends wuchs, erzählte ich ihr eine ganze Menge. So oder ähnlich lernten wir uns kennen.

Abends gingen wir in einen Park. Wenn sie sich an mich schmiegte, war ich beherrscht genug, ein wenig zurückzuweichen. Danach gingen wir zu ihr nach Hause. Soweit ich weiß, war die Wohnung ziemlich leer, nur ein Bett lag auf dem Boden, an der Wand waren Bücher aufgestapelt, dahinter klebte ein Plakat, eine Reproduktion des alten Moulin-Rouge-Motivs, und überall verstreut fanden sich Kieselsteine, sorgsam ausgewählt, Glasperlen, Arzneifläschchen und andere, nicht zu definierende Kleinigkeiten.

Wir tranken Süßwein bei ihr, und sie spielte dabei Gitarre. Dann schliefen wir im Bett am Boden. Als ich ihre Schultern und ihre Brust küßte, stöhnte sie mit geschlossenen Augen. Ich fing zu lachen an, und sie fragte mich, halb schluchzend, aus welchem Grund ich lache. Was ich ihr antwortete, weiß ich heute nicht mehr, doch ihr gefiel die Antwort, sie fand sie interessant, worauf sie mich noch leidenschaftlicher umarmte. Als ich sie auszog, sah ich auf ihrem Rücken ein großes Muttermal. Mit Haaren bewachsen. Wie mir im Gedächtnis blieb, stemmte sie sich mit ihren Händen gegen mich, als wollte sie mich wegschieben, während sie sich mit ihrem Körper an mich preßte und wie im Fieber etwas vor sich hinmurmelte. Das ist alles, was ich über Maria weiß.

Den ganzen Winter hatte ich im Bett verbracht, doch ein Faulpelz war ich eigentlich nicht. Man kann ja wohl nicht behaupten, ich hätte nichts getan. Den ganzen Winter über hatte ich im Bett nachgedacht. Ich hatte mein Leben auseinandergenommen und neu zusammengesetzt. Hätte ich ein warmes Zimmer gehabt, hätte ich diese Arbeit nicht im Bett gemacht. Leider zwingen einem die Umstände manchmal ungewöhnliche Situationen auf. Es mag Ihnen seltsam vorkommen, aber jenes Jahr im Bett machte mich sehr müde. Ich hatte dringend Erholung nötig.

(Vielleicht plagt Sie die Neugier, und Sie wollen wissen, warum ich so unvermittelt über Maria erzählte und mit dem Abschnitt »Einige Worte über Maria« die Schilderung anderer wichtiger Stationen aus meinem Leben mit einemmal unterbrach. Was ich im folgenden berichte, hat mit Maria zu tun, daher hielt ich es für nützlich, sie schon vorher vorzustellen.)

Ich sprach eben davon, daß ich dringend Erholung nötig hatte. Um mich geistig und körperlich entspannen zu können, mußte ich vorsorglich Maßnahmen treffen. Ja, ja, man muß an sein kleines Glück denken, sich Zeit lassen für derlei Kleinigkeiten, auch wenn man Großes vor sich, wichtige Pflichten zu erfüllen hat. Doch leicht fiel es mir nicht. Ich warf mir vor, mich nur noch um Kleinkram zu kümmern; aber mein abgeschlaffter Körper, meine ermüdete Seele ließen es nicht anders zu. Ich verlangte unbedingt nach Erholung.

Daß ich schon wieder Napoleon als Beispiel anführe beziehungsweise über ihn rede, dafür entschuldige ich mich bereits im voraus. Ich bin mir ganz sicher, daß er sich, während er große Aufgaben in Angriff nahm, ab und zu auch über sein kleines Leben, sein Privatleben, Gedanken machte. Zumindest hat er sich bestimmt Zeit genommen dafür. Gewiß hat er sich auch Liebesnächte gegönnt. Ja, genau darauf wollte ich hinaus: Ich sehnte mich nach Liebe. Nur die Liebe konnte mich etwas zur Ruhe bringen, die glücklichen Nächte der Liebe ... Wie sehr sie mir fehlte, wurde mir mit einemmal ganz klar. Dabei muß ich gestehen, daß ich auf diesem Gebiet ganz ungeübt war. Natürlich hatte man bei der vielen Arbeit auch keine Zeit gehabt, Erfahrungen zu sammeln. Und, abgesehen vom Zeitmangel, hinderte einen auch die Unerfahrenheit daran, ein wenig beschlagener zu werden.

Ich ging mit mir zu Rate und fragte mich, ob man

diese Gefühle nicht unterdrücken könnte. Oder vielleicht ganz zum Schweigen bringen könnte. Viele Menschen, die große Taten vollbrachten, hatten sich dies sicherlich gewünscht. Doch, ob ihnen dies gelang, ob sie das Verlangen nach Liebe, diesem niedrigen körperlichen Genuß, unterbinden konnten, das weiß ich nicht. Ich weiß nur, daß Napoleon es nicht schaffte und mit seinen Liebesaffären in die Geschichte einging. Doch hüten wir uns vor Übertreibungen, sie sind nur etwas für Spießer, für Sensationslüsterne.

Ich sehnte mich nach Liebe. Ich setzte mich vor den Spiegel und betrachtete mich mit kritischen Blicken. Der Grund dafür liegt auf der Hand: Mich quälte die Frage, ob das andere Geschlecht Gefallen an mir finden würde.

Meine Locken auf der Stirn sind viel zu lang ... Ich muß sie ein wenig stutzen. Meine Hemden sind alle alt. Das kann ich gar nicht begreifen, ich habe sie doch noch nie getragen. Es kann allerdings sein, daß sie – wie es die Natur der Dinge nun einmal ist – nicht vom Abtragen, sondern vom Herumliegen so häßlich geworden sind. Sicher ist das der Grund, ganz sicher, denn ich kann mich nicht erinnern, sie je getragen zu haben. Na ja, lassen wir das Gerede über die Hemden. Die Hose ist zerknittert, heute nacht muß ich sie zwischen Bettuch und Matratze legen, um sie so, »in Junggesellenmanier«, zu bügeln. Oder wie sonst? ...Die Schuhe müssen noch unter dem Bett stehen. Mitsamt dem Dreck vom letzten Sommer. Ein richtiger Sommer war es ja nicht. Es regnete ständig ...

Was meine Person anbetrifft, denke ich jetzt an die Zukunft. Sorgsam suchte ich die Menschen aus, an deren Bekanntschaft mir etwas lag, desgleichen die Themen, über die ich reden wollte, überlegte mir die Fragen, die man an mich stellen würde, einschließlich der Antworten darauf bis ins kleinste und versuchte dabei, das im Gedächtnis zu behalten, was meinem Geschmack entsprach. Währenddessen stellte ich fest, daß meine Haare ausfielen, langsam, aber sicher. Wie jeden Mann nahm diese Entdeckung mich ordentlich mit. Um mich mit dieser Erschütterung besser abfinden zu können, widmete ich mich eine Zeitlang nur mir selbst, was aber jedoch dazu führte, daß ich mich noch mehr aufrieb. Schließlich retteten mich die großen Taten, die ich in Zukunft vollbringen wollte, vor diesem Aufruhr der Gefühle, der einem Alptraum glich.

Den Tag, an dem ich hinausgehen wollte, hatte ich sorgfältig ausgesucht. Es war Anfang April. Seit einer Woche war es ein wenig wärmer. Der Schnee schmolz, und hinter dem weißen Kleid, das unendlich lange zu halten schien, kamen die schwarzgrauen Häuser der Stadt zutage. Eine kraftlose Sonne schien in jenen ersten Apriltagen. Alte Leute bevölkerten den Park an der Kirche.

Die alten Leute in dieser Stadt sind eigenartig. Sie tragen eine merkwürdige Unentschlossenheit mit sich herum. Wie Wissenschaftler, die nur die Lösung eines unlösbaren Problems im Kopf haben, sehen sie gelangweilt und müde aus und eilen mit dem ersten Sonnenstrahl sofort auf die Straße, in den Park. Sie haben einen Blick wie beim beiläufigen Betrachten einer Inschrift, die durch das viele Anstarren einen vertrauten Charakter angenommen hat. Sie werden jedoch ständig weniger. Eine Niederlage indes erleiden sie nicht. Viele von ihnen besiegen sich nämlich selbst. Ihre Methoden, Selbstmord zu verüben, unterscheiden sich, doch ist Aufhängen am häufigsten verbreitet. Das Ende am Strick verleiht den Alten dieser Stadt eine Einmaligkeit besonderer Art. Die Tage, von denen einer so monoton verläuft wie der nächste, sind für sie kein Muß. Eher eine Notwendigkeit, die keine Bedeutung mehr hat, keinen Wert. Solange man aber noch eine

Verantwortung dafür trägt, kann man das Leben aushalten. Hört sie auf, baumelt man an einer Wäscheleine, die der Anziehungskraft der Erde folgt.

Schmelzender Schnee, Matsch auf der Straße. Dreckwasser. Nässe, die nur langsam trocknet ... Die Stadt hatte den Winter abgestreift und sah nun in all ihrer Häßlichkeit aus wie die Stempelkissen auf den Bürotischen der Behörde, in der mein Vater arbeitete.

Die Straße war für mich so etwas wie Befreiung, Flucht vor mir selbst. Befreiung von den Gedanken, Vorstellungen, all den großen Plänen, die ich konzipiert, aber noch nicht verwirklicht hatte ... Doch nun war mir alles egal, ich ging durch all den Matsch hindurch auf das nächste Café zu, wo allein meine dunkle, müde Seele und mein erschöpfter Körper ihren eigenen Bedürfnissen entsprechend über mich gebieten sollten.

Das Café war ziemlich voll. Als ich eintrat, tat die Luft meinen Augen weh. Dann hörte ich jemand von hinten nach mir rufen. Maria saß dort, und ich nahm neben ihr Platz. Sie umarmte mich und fragte, wo ich gewesen sei, was ich gemacht hätte. Die übrigen Leute am Tisch hörten neugierig zu. Ich spulte hintereinander einige Sätze ab, die ich mir im Bett ausgedacht hatte. Einer der Tischnachbarn, ein Mann mit dünner Drahtbrille auf der Nase, ergriff sogleich das Wort und stellte mir noch eine Frage. Genau von der Art, wie ich sie vorausgesehen hatte. Die Antwort darauf hatte ich, ehrlich gesagt, schon parat, aus diesem Grund trug ich sie auch mit großer Selbstsicherheit und ein wenig Arroganz vor. Um die Wirkung besser abmessen zu können, sah ich jedem am Tisch ins Gesicht, tief in die Augen. Die beiden mir gegenüber wichen meinem Blick verlegen aus. »Bravo!« dachte ich. Was in diesem Augenblick an dem Tisch geschah, war ein guter Beweis dafür, daß ich den Winter nicht nutzlos verbracht, sondern sehr sinnvolle Arbeit getan hatte. Plötzlich besaß ich Ansehen bei meinen Tischnachbarn. Sie spendierten mir ein Bier. Maria umschlang mich und ließ mich nicht mehr los. Wir aßen alle Schmalzbrot und tranken reichlich Bier. Als wir morgens in aller Früh mit der U-Bahn nach Hause fuhren, machten sich die Arbeiter, die auf dem Weg zur Arbeit waren, über uns lustig. Die Gespräche der Nacht gingen mir im Kopf herum. Ich hätte wahrscheinlich die ganze Nacht lang darüber reden können, daß die Arbeiter keine revolutionäre Dynamik mehr besaßen, daher ein Kontrollapparat für sie gegründet werden mußte, und zwar von gebildeten Menschen, die über ein außerordentlich umfangreiches Wissen verfügten und sich in Sachen Kultur gut auskannten ...

Bis zum Abend lagen Maria und ich im Bett. Als mein Vermieter, Herr Otto Köpke, gegen Abend die Haustür zuschlug und zur Arbeit ging, stand ich auf und setzte Kaffee auf. Auch Maria wachte auf, hatte aber keine Lust aufzustehen. Ich schob den runden Tisch ans Bett, räumte die Papiere zur Seite und schuf so Platz für die Tassen. Sie richtete sich auf, nahm den Türkensitz ein, hängte sich die Bettdecke über die Schulter und zündete sich eine Zigarette an. Es gab nichts zu reden. Sie schlürfte den Kaffee, verzog das Gesicht und meinte: »Nichts als Wasser!« – »Stimmt, ich habe nämlich keinen Kaffee zu Hause!« antwortete ich kurz und bestimmt. Dann versanken wir wieder in Schweigen. Ihr Blick streifte die Papiere am Tischrand: »Was ist das?« wollte sie wissen. Bevor ich noch etwas erwidern konnte, hatte sie sie schon in der Hand und las darin.

»Hast du das geschrieben?«

»Hmm ...«

»Du schreibst also.« Dann verbesserte sie sich schnell, weil sie befürchtete, mich gekränkt zu haben:

»Ach ja, natürlich, du bist ja Schriftsteller. Das hatte ich ganz vergessen.«

Ich fühlte mich bemüßigt, ein wenig zu präzisieren: »Ich wollte zwar Schriftsteller sein, doch reicht es heute nicht mehr aus, nur zu schreiben. Mich interessiert vor allem die politische Literatur oder, besser gesagt, die Politik selbst ...«

Ob sie diese letzte Bemerkung verstanden hatte, wußte ich nicht. Sie versuchte angestrengt, meine Handschrift zu entziffern, doch es glückte ihr nicht, da die Manuskripte türkisch geschrieben waren.

»Gib sie her, ich lese sie dir auf deutsch vor, wenn du willst.« Sie nickte zustimmend. Gerade hatte mich ihre Anwesenheit noch ziemlich gestört; jetzt bereitete mir ihr Interesse für meine Manuskripte eine verstohlene Freude, und ich verspürte allmählich sogar den Wunsch, ihr alles vorzulesen, was ich geschrieben hatte, es ihr anschließend zu erläutern und ausgiebig mit ihr darüber zu reden. Ich begann mit einem Manuskript vom Mai 1966, das Fragment eines Theaterstücks:

Der junge Mann: Ihr seid alle falsch. Aber die Unterdrückten werden eines Tages lernen, selbst zu unterdrücken. Ihr seid zu schlapp, mit euch selbst ins Gericht zu gehen und deshalb hierher geflüchtet. Nun, habt keine Angst, seht der Wahrheit ins Gesicht. Sprecht offen. Ihr besitzt keinen Glauben. Daher ist euch der Kampfgeist abhanden gekommen. Was ihr erzählt, ist gefühllos, leer, kalt ...

Der Mann: Ist das auf mich gemünzt? Ich bin ein professioneller Revolutionär.

Der junge Mann: Ihr besitzt nicht das nötige Gleichmaß. Nur deshalb begeistert ihr euch für die Revolution, die Revolte.

Der Mann: Hört zu! Ihr redet immerzu von der Ungleichheit. Ich sagte bereits, ich bin ein professioneller Revolutionär und richte meine Gedanken an der Praxis aus. Die erste Aufgabe eines Revolutionärs ist es, praktisch zu denken. Die Ungleichheit ... Ja, um mit eurer Logik zu reden, insofern habt ihr recht; gäbe es nämlich Gleichheit, wäre unseren Bemühungen der Boden entzogen. Wenn man sich das einmal klargemacht hat, muß man zugeben, daß wir vor der Ungleichheit eine Niederlage erlitten haben.

Die junge Frau: Eine Niederlage zu erleiden, bedeutet, daß man Unrecht hat. Wir aber sind im Recht.

Der junge Mann: Natürlich haben wir keine Niederlage erlitten.

Der Mann: Ihr wollt sagen, daß ihr euch beugt. Verwechselt beides nicht miteinander. Wenn man sich beugt, ist man im Unrecht. Zwei Wege gibt es, die der Verlierer, der eine Niederlage erlitten hat, einschlagen kann: Zum einen beugt er sich, wobei er dann – wie ihr sagt – im Unrecht ist; unterwirft man sich, ist man kraftlos und bestätigt damit, im Unrecht zu sein. Oder er geht den zweiten Weg und revoltiert, und genau das machen wir. Wie ihr seht, ist die Lösung in der Logik der Revolution gar nicht so schwer zu finden.

Die Frau: Niederlage, Schweigen ... Sind sie nicht eine Form des Widerstands?

Der Mann: Wir müssen die Sache morgen früh zu Ende bringen. Ich will nicht, daß sich das Ganze noch lange hinzieht. Wir haben eine lange Nacht vor uns. Wir warten noch. Trifft eine Nachricht ein, um so besser. Wenn nicht, so ist es unser gutes Recht, initiativ zu werden, etwas zu unternehmen. Einer von uns führt dann eben den Befehl aus.

Die Frau: Und das heißt?

Der Mann: Es ist sinnlos, die Sache in die Länge zu ziehen oder zu warten. Man muß rechtzeitig zur Aktion schreiten.

Die Frau: Man muß also beginnen. Ist die Lage denn

reif dafür? Das ist eine wichtige Frage. Für mich hängt es davon ab. Ist die Bevölkerung bereit?

Der Mann: Die Bevölkerung gleicht einem Benzinfaß, bereit, Feuer zu fangen. Sie wartet nur auf die Zündung ...

(Diese Gespräche zogen sich in die Länge. Am nächsten Morgen schrieb die junge Frau folgende Sätze in ihr Notizbuch: ... bald zieht der Tag herauf. Seit Stunden schon rechnen wir vier mit uns selbst ab. Es gibt viel zu tun. Sobald wir beschließen, in Aktion zu treten, werde ich den ersten Befehl ausführen. Ich glaube, das ist die beste Rettung für mich. Angst habe ich nicht. Erwachsene fürchten sich nicht, vor nichts. Und ich bin auch erwachsen, kein Kind mehr.)

Hier hörte das Manuskript auf. Maria lächelte mich an, in ihrem Blick lag Bewunderung. Sie sah aus wie ein Kind, kroch in meine Arme, ich streichelte ihr das Haar. Sie umschlang meinen Körper. Ich hob ihren Kopf zu mir hoch, näherte mich ihr, wollte sie küssen. Sie jedoch wich zurück, nahm ihre Arme von mir und sprang hoch: »Es ist schon so spät, ich muß gehen.«

Ich traf sie nie wieder. Alles Suchen nach ihr blieb vergeblich. Oft ging ich in das Café und fragte die Leute nach ihr; sie beteuerten jedoch, daß sie sie auch nicht mehr zu Gesicht bekommen hätten. Maria war verschwunden. Maria, Zeugin des letzten Teils meiner Erzählung, war nicht mehr auffindbar.

Als man meinen Vermieter Otto Köpke tot in seinem Zimmer auffand, wurden zuerst auch gegen mich als möglichen Täter Ermittlungen eingeleitet. Als man später feststellte, daß er Selbstmord begangen hatte, wurden die Ermittlungen nicht eingestellt, sondern noch vertieft. Denn die wichtigsten Teile meiner Biographie, die ich den ganzen Winter über ausgesucht und neu geordnet hatte, die Beziehungen zu Maria, zumindest die vordergründigen, meine Rede im Café und die Manuskripte, die ich ihr zu Hause vorlas, all dies wurde bei der Polizei als meine Aussage zu Protokoll genommen, und man warf mir vor, ich sei hinsichtlich der »demokratischen Grundrechte und Freiheiten« eine gefährliche Person.

Falls man Maria gefunden hätte, hätten ihre Aussagen bestimmt anders ausgesehen.

Alle meine Freunde trinken Champagner (1982)

Als ich die Kneipe betrat, staunte ich, daß sie fast leer war. Es ging schon auf Mitternacht zu, wo sich sonst immer alles hier drängte: die einzelnen Gespräche gingen in einem allgemeinen Dröhnen unter; keines der jungen Gesichter verriet, welchen Beruf der Betreffende ausübte, aus welcher sozialen Schicht er kam. Warum das so war, weiß ich nicht, doch kamen mir die Mädchen und die Männer wie die Plastikpuppen in den neonerleuchteten Schaufenstern vor, die in dunklen Gassen plötzlich vor einem stehen. Viele trugen Kleider, die sie aus Modezeitschriften ausgeschnitten zu haben schienen, doch waren sie unzeitgemäß, besaßen kein Leben. Sonst waren die Hocker vor der Theke längst schon besetzt, so daß man kaum einen Platz finden konnte, um im Stehen ein Bier zu trinken, ohne von allen Seiten angerempelt zu werden. Aber heute war alles anders hier, auch die Luft war nicht so stikkig. Der Blick konnte frei im Raum schweifen: zu den Tischen mit ihren weißen Decken, dem Glasschrank, in dem die kalten Platten standen, zum Getränkeschrank aus Massivholz hinter der Theke, zu den glänzenden Bierhähnen, der Espresso-Maschine ... Alles war klar und zweckentsprechend angeordnet. Zum ersten Mal wahrscheinlich kam mir der Schimmer der fluoreszierenden Lichter seltsam vor. Ich fühlte mich fremd hier. Später stellte sich dann zu meiner Erleichterung doch wieder Vertrautheit ein. Das war vor allem den billigen, vor kurzem neu angebrachten Tapeten zu verdanken, dem bekannten Gesicht hinter der Bar, der Kellnerin mit ihrem österreichischen Dialekt, den zwei stillen Trinkern an der Theke und der Jazz-Musik vom Plattenspieler, der Melodien aus den fünfziger Jahren spielte. Der anfängliche Eindruck, an den falschen Ort geraten zu sein, verlor an Bedeutung. Ich setzte mich an die Theke, in die hinterste Ecke, bestellte ein Bier und stopfte meine Pfeife. Leere Kneipen stimmten mich immer traurig; nichts gab es zu tun, und in all der Tristesse suchte ich nach Ablenkung. Auch jetzt sah ich mich wieder nach einer Zerstreuung um ...

»... was habe ich dir getan, warum bist du so gefühllos, so grob, so verständnislos. Du weißt doch, wie sehr ich dich liebe. Macht es dir Spaß, mir wehzutun? Deine Gefühlskälte trifft mich hart. Ich habe dich etwas gefragt, nun heraus mit der Antwort. Ich bin immer für dich eingetreten, habe dir zuliebe Opfer gebracht, das weiß jeder. Auch du weißt es, ich kann diese Gleichgültigkeit nicht ertragen ... Nun rede schon ...«

Ich hatte eben noch in Gedanken versunken in mein Bierglas geblickt und hob plötzlich erschrocken den Kopf. Da stand sie links neben mir, halb an einen Hocker gelehnt, den Oberkörper auf die Theke gestützt, mit kurz geschnittenem Haar und einem Haarbüschel auf der Stirn, das bis über das linke Auge fiel. Ihr glasiger Blick ruhte auf mir. Sie hatte eine herrische Stimme, schien sich jedoch zu zwingen, als Güte in Person zu erscheinen. »Ob sie mit mir redet?« ging es mir durch den Kopf. Ihr Gesicht erinnerte mich ein wenig an eines der Bilder in meinem Kopf, vielleicht täuschte ich mich aber auch. Diese momentane Unsicherheit ärgerte mich in höchstem Maße. »Natürlich kannst du dann keine Antwort geben, weil es dir dazu an Persönlichkeit mangelt. Du bist ein einfacher Mensch, der gerne etwas anders sein will, aber du bist eben zu feige ...«

Meine Verwunderung war groß. Ich hatte den Eindruck, daß unsere Blicke sich kreuzten, doch ich täuschte mich. Ihr Blick löste sich von mir, wanderte ins Leere und blieb dort. Ihre Zigarette hatte sie zu Ende geraucht, viel Asche zurücklassend. Lässig drückte sie sie im Aschenbecher aus und steckte sich ungeduldig eine neue zwischen die Lippen. Ihr großporiges Gesicht wirkte durchsichtig, die Falten glätteten sich. Ihre Trunkenheit paßte nicht in diese nüchterne, helle, karge Umgebung und nahm sich so komisch aus, daß sie fast unecht wirkte.

»Es tut mir leid für dich, jeder, der dich so sieht, hält dich für einen warmherzigen, gutmütigen, liebevollen Menschen. Nur ich kenne dein Doppelspiel, hier wahrst du nur den schönen Schein, damit keiner in dir den heimlichen Teufel erkennt ... Jahrelang hast du mich ausgenutzt, ausgebeutet, um bei den anderen groß herauszukommen. Du hast nur deshalb mit mir geschlafen, um dich zu befriedigen, aber ich liebte dich. Hast du dem je Wert beigemessen? Nie hast du dich darum gekümmert. Du hast mich nicht einmal wie einen Menschen behandelt, für dich war ich nur ein Objekt, das dir solange von Nutzen war, wie du es gebrauchen konntest, und das du dann wegwarfst, als du keine Verwendung mehr dafür hattest ... So war es doch, nicht wahr? Nun stehe ich dir gegenüber, verlange Rechenschaft von dir, heraus mit der Sprache! Du niederträchtiger Kerl, dir habe ich all die Jahre geschenkt, meinst du, das war so einfach? Sogar deine Freunde sagen das, ja, deine Freunde, nicht meine. Was für schöne Freunde, nur dir ins Gesicht sind sie Freunde, im übrigen aber geben sie alle mir recht, zeigen Verständnis für meine Situation ... Nur du hast das noch nicht begriffen. Alle deine Freunde, alle ohne Ausnahme wären, wenn du gerade nicht da warst, mit mir ins Bett gestiegen ... Doch dich interessiert das wahrscheinlich gar nicht, oder? Und ich interessiere dich auch nicht, natürlich, nicht wahr? Du hast mich ausgenützt und dann weggeworfen ... Dabei hätte alles gut gehen können, bis zum Ende wollte ich dich lieben, von ganzem Herzen. Auch heute noch liebe ich dich, aber nur, weil ich es will, aus purem Egoismus; ich erwarte nichts mehr von dir, du brauchst mir nicht mit Liebe zu kommen. Alles, was ich jetzt von dir will, ist eine klare Antwort ... Warum hast du mich so ausgenützt? Warum hast du mit meiner Würde gespielt, hast mich jahrelang diskriminiert? Warum hast du meine Liebe mißbraucht?«

Nein, mit mir redete sie nicht. Sie sprach mit jemandem, der ihr all diese Schmerzen zugefügt hatte, mit einer fiktiven Person. Da sie keine Antwort bekam, hielt sie eigentlich einen Monolog. Es verlangte sie wohl danach. Als ich mich umdrehte, kreuzte sich mein Blick mit dem eines Mannes an der Theke. Auch er hörte dem trostlosen Gespräch zu. Ich lächelte. Als ich eben ansetzte, einen Schluck Bier zu nehmen, erschrak ich über seinen vieldeutigen Blick. Fassungslos über das, was ich erkannt hatte, und auch, um mich zu vergewissern, sah ich mich noch einmal um. Mit Spott im Gesicht kaute er schmatzend auf der Zitronenscheibe herum, die man ihm zum eben bestellten Tequila gebracht hatte. Mit einem Zug trank er das Glas aus und musterte mich immer noch ironisch, als wolle er betonen, daß er unter keinen Umständen meinen Worten Glauben schenken würde. Ich war wie vor den Kopf geschlagen.

»... erinnerst du dich an unsere Ibiza-Reise? Alle bewunderten mich, jedem gefiel ich, die Männer stiegen mir alle nach ... Gib zu, auch du warst stolz auf mich. Was warst du in den Augen der anderen wert? Nichts, nichts warst du wert. Man akzeptierte dich nur, weil ich dabei war. Ich aber hatte mich mit Haut und Haar dir ergeben, mich unter deinen Schutz gestellt, schenkte dir nicht nur meinen Körper, sondern auch meine Seele ... Und jetzt muß ich dafür büßen ...«

Ihre Aufregung steigerte sich immer mehr, sie gestikulierte beim Reden, unterstrich ihre Vorhaltungen durch heftige Hand- und Armbewegungen. Einen Augenblick lang schien es, als würde sie von dem Hocker fallen, auf dem sie halb saß. Der Mann mit seinem spöttischen Blick, der mich nicht aus den Augen ließ, reagierte schnell und hielt sie fest. Dabei kippte ihr noch nicht ganz leergetrunkenes Weinglas um. Das auf dem Boden zerspringende Glas unterbrach die scheinbar so lange dauernde Stille.

»Noch einen Wein für mich.«

Der Barmann schüttelte den Kopf. »Es reicht, du hast zu viel getrunken«, sagte er sorglos. Dies war für das Mädchen offenbar schon genug, denn sofort fing sie mit angriffslustiger, drohender Stimme zu brüllen an:

»Ich will noch einen Wein, du mußt ihn mir herausrücken!«

Trotz ihres Zustandes sprach sie in festem Befehlston: »Hast du nicht gehört? Noch einen Wein!« Dann seufzte sie: »Alle meine Freunde trinken Champagner.«

»Das macht DM 22,– für dich,« erwiderte der Barmann ebenso unbekümmert wie vorher. Dann zu mir gewandt:

»Soll ich dir noch ein Bier bringen?« Ich nickte. In mir erwachte der Wunsch, das Mädchen zu trösten. Ich überlegte, ob ich mich einmischen und ihr zu einem weiteren Wein verhelfen sollte. Ich konnte ihr ja einen spendieren ...

»Hör mal zu, du gibst mir jetzt einen Wein, oder ich haue auf den Putz!«

»Du hast DM 22,– zu bezahlen!«

Die beiden überhörten die Worte des anderen geflissentlich. Der Barmann zapfte mir ein Bier an.

»Sieh mich doch einmal an, warum schaust du mir nicht ins Gesicht? Du schämst dich, nicht wahr? Schwache Menschen verhalten sich immer so, sie schweigen oder tun so, als würden sie einen nicht kennen, wenn man ihnen gerade ungelegen kommt ... Egoistische Kerle seid ihr alle; solange ihr einen auspressen könnt, solange man gut genug ist für euch, zeigt ihr Interesse, doch dann werft ihr einen in die Mülltonne. Dann ist euch jedes Wort zuviel ... Alle Männer haben eine harte, grausame Seele ... He, ich rede mit dir ...«

»Mit mir?« Ich wandte mich instinktiv dem Mädchen zu. Diesmal sahen wir uns wirklich in die Augen. Das Mädchen sprach offenbar zu mir. »Redest du mit mir?« fragte ich leise. Sie lachte nur schmerzlich oder vielmehr lachte halb, halb weinte sie. Eine schwermütige Atmosphäre breitete sich aus.

»Jetzt erkennst du mich natürlich nicht, willst mich nicht mehr kennen ... Du brauchst mich nicht länger, die Zeiten sind vorbei ... Ja, ja, du großer Dichter, du feinfühliger Poet ...«

In der Tat, sie sprach zu mir, mit mir, daran gab es keinen Zweifel. Dabei verspottete sie mich ganz offensichtlich. Ich wurde unruhig, empfand große Hilflosigkeit, wurde von allerlei dunklen Gefühlen heimgesucht. Ängstlich sah ich ihr ins Gesicht, zum erstenmal bewußt, mein Gedächtnis zu Hilfe nehmend, um die verschiedenen Bilder darin sorgsam voneinander zu trennen.

Nein, an dieses Mädchen konnte ich mich nicht erinnern, sie war mir unbekannt, ganz und gar. Eines war mir vollkommen klar: Ich kannte sie nicht. Die Klauen des Zweifels jedoch streckten sich bereits nach mir aus. Ein riesiges »ob« drehte sich unaufhörlich in mir, solange, bis es, immer mehr ausufernd, mich ganz und gar verschluckte.

Der Barmann stellte mir ein frisches, schäumendes Bier hin. Er blinzelte mir zu, mich nicht beirren zu lassen.

Ich war nicht der treulose, hartherzige, egoistische Kerl, der sie ausgenützt hatte und den sie nun seit einiger Zeit mit Flüchen überschüttete. Nein, der war ich nicht. Ich hatte mit ihr auch nichts zu tun gehabt. Wie soll ich das erklären? Vielleicht kannte sie mich aus Büchern. Und in ihrer Phantasie verwechselte sie uns nun miteinander. Vielleicht war auch der Alkohol schuld. »Noch nie in meinem Leben war ich in Ibiza«, murmelte ich vor mich hin.

Der Mann an der Theke bestellte noch einen Tequila. Er trug noch immer den höhnischen, ironischen Ausdruck auf dem Gesicht. Er war sich offenbar sicher, daß ich der Mann war, mit dem das Mädchen ein Verhältnis hatte. Davon bin ich fest überzeugt.

Traum (1982)

Zuerst sah er die rostigen Docks, dann, nachdem er die hintereinander aufgereihten grauen Eingangsschuppen passiert hatte, entdeckte er das Schiff. Ein leichter Wind begann, sein Gesicht zu erfrischen, und scharfer Kloakengeruch zog ihm in die Nase. Dieser Abschnitt des Kais war ziemlich breit und mit Kopfsteinen gepflastert. Hier endete das Durcheinander der im Hafen gestapelten und aufgehäuften Kisten und Säcke, das Geschrei und die Flüche verstummten, die Arme der Krane, die sich vor dem dunstigen Himmel hin und her bewegten, blieben zurück. Die völlige Stille und Leere dieses Ortes entsprachen so gar nicht den romantischen Vorstellungen, die man gerne von einem Hafen hat. Er merkte mit leichter Enttäuschung, daß das Gefühl von Abenteuer, das seine Phantasie tagelang beflügelt hatte, sich auf einmal auflöste, nicht mehr existierte. Das Schiff da gegenüber, das ihn zu einer dreiwöchigen Reise entführen sollte, glich, wie es da fähnchengeschmückt zwischen zwei gänzlich unbelebt und verlassen wirkenden Containern lag, einer jungen Braut mit schmachtendem Blick. Von weitem war der heisere Klang eines Nebelsignals zu hören.

Er ging zum Schiff hinüber. Auf der Mole standen vereinzelt Passagiere, meistens ältere Leute. Die Männer mit Leinenmützen, um den Hals Fernglas und Photoapparate, alle mit der gleichen Sorte Taschen und Koffern aus Kunstleder. Die Frauen, die verblaßten, rauchfarbenen Haare frisch vom Friseur eingelegt, mit Schmuck behängt und in Hosen, die die Schlaffheit ihrer Körper kaum verbargen, in einer Art Sport-Konfektion, die den Anstrich von Armseligkeit noch unterstrich.

Er hatte es sich eigentlich anders vorgestellt: Am Kai hätte Gewühl herrschen müssen, die meisten Passagiere fuhren mit dem eigenen Wagen vor, aus dem zunächst ein Chauffeur mit Uniformmütze und weißen Handschuhen ausstieg. Würdevoll öffnete er die Tür zum Wagenfond, um sich dann von der gnädigen Frau und dem gnädigen Herrn mit respektvoller Verbeugung zu verabschieden. Kleine uniformierte Gepäckboys beförderten mit Sorgfalt die Koffer, die mit wer weiß was für geheimnisvollen Dingen gefüllt waren, sowie die Hutschachteln. Der Schiffskapitän in goldbetreßter weißer Uniform und die anderen Schiffsoffiziere begrüßten einzeln jeden der ankommenden Reisenden. Dabei hätte er die kleinen Tragödien des Abschiednehmens erlebt, die Versprechen, »nicht zu vergessen« und die Beteuerungen, diese Versprechen auch zu halten. Unter Abspielen von Musik vom Band würden die Haltetaue gelöst, das Schiff löste sich sehr langsam vom Kai, und die Luft war erfüllt vom lauten Tuten der Nebelsignale. Ein Durcheinander von Winken, guten Wünschen und Kußhänden. Dabei würde sich in der aufgeregten Menge, die sich versammelt hatte, um die Passagiere zu beobachten, gespanntes Geflüster erheben. Die Zurückbleibenden konnten sich, indem sie sich selbst nur für einen Augenblick in dieser wunderbaren Szenerie wähnten, mit etwas trösten, was sie vielleicht nie in ihrem Leben würden verwirklichen können. Sie würden, wenn auch nur für kurze Zeit, ein eigenartiges und unerklärliches Gefühl der Befreiung empfinden, indem sie sich mit diesen anscheinend besonders Bevorzugten identifizierten, die gekommen waren, um einmal in ihrem Leben wirklich glücklich zu sein. Denn bei diesen Abschiedsszenen war jede Trennung etwas Poetisches, alles verwandelte sich in Einklang und Harmonie.

Solche Bilder hatte er sich vor Beginn dieser Reise

ausgemalt. Vielleicht auch als Trost dafür, daß die eigenen herrlichen Tage erst so verspätet begannen.

»Nun, was sollte denn Glück sonst sein«, murmelte er halblaut vor sich hin.

Am Fuße der Gangway, die zum Schiff hinaufführte, grüßte er einen untersetzten, rotbackigen Matrosen mit kräftigem Schnurrbart: »Guten Tag.« Der Mann antwortete verschlafen »Guten Tag«, dann kamen zwei Schiffsjungen auf ihn zugelaufen, die die zum Kai blikkenden Bullaugen mit einer langstieligen Bürste reinigten. Sie klapperten mit ihren Holzpantinen.

Seine Augen blieben an einer älteren Frau oben an der Gangway hängen, die mit dem Rücken zum Schiff in Pose stand und zum Kai hin wie ins Leere winkte. Ein dürrer Mensch unten, offenbar ihr Mann, versuchte, das Objektiv einzustellen. »Die amüsieren sich vielleicht! Wie hübsch die alte Schachtel noch fürs Photoalbum posiert!«

Er lächelte unschlüssig und zwang sich zu guter Laune, statt in all dem lästigen Kram zu ersticken, der selbst den Phantasievollsten zum Pessimismus treiben konnte. Einen Augenblick schloß er mit Inbrunst die Augen: »Drei Wochen . . . ja, drei volle Wochen . . . Tag und Nacht Meer, Himmel und die verheißungsvolle Atmosphäre unbekannter tropischer Gestade . . . Ich muß versuchen, es so intensiv wie möglich zu genießen«, überlegte er und bemühte sich, daran zu glauben, daß von der Reise etwas zu erwarten sei.

Es war das erstemal seit Jahren, daß er neben seiner täglichen Arbeit, mit der er sein Brot verdiente, eine Möglichkeit fand, so zu reisen. Briefe, Briefe . . . Man konnte sie allesamt in den Papierkorb werfen! Was er tat, war schließlich auch nichts anderes. Von dem, was die Absender der Briefe in aller Ausführlichkeit mitteilten, blieb jedenfalls keine individuelle Zeile übrig, außer vielleicht dem Vor- und Nachnamen. Jeden Morgen kam er gegen neun ins Büro. Weil der Lift schon lange defekt war, fuhr er mit dem Lastenaufzug, der eigentlich von der Druckerei im Zwischengeschoß benutzt wurde, in die Redaktion im fünften Stock, der ursprünglich als Depot gedient hatte. Wegen der lange überfälligen Renovierung rieselte an allen Wänden der Kalk. In den bis zur Decke reichenden Fenstern waren die zerbrochenen Glasscheiben durch alte Matrizenkartons ersetzt worden. Von der Kaffeemaschine gleich an der Tür nahm er sich seinen Kaffee, setzte sich hastig an den hintersten Schreibtisch, direkt vor dem Glasverschlag des verantwortlichen Chefredakteurs, und begann, die eingegangenen Briefe zu öffnen. Aber noch ehe er Zeit fand, einen Blick darauf zu werfen, häufte der Chefredakteur mit einem trockenen »guten Morgen« die Nachrichtentexte von Gott weiß was für einen Anfänger vor ihm auf, damit er sie redigierte, und beklagte sich mit den gleichen stereotypen Worten: »Bei diesen jungen Leuten gibt es kein journalistisches Ethos mehr; wäre so etwas denn früher möglich gewesen?«

Er schrieb flüssig, er verstand sein Handwerk, das wußte er. Was er verfaßte, war solide. Er schrieb auch schnell. Die Worte des Chefs interpretierte er nicht wirklich als Verärgerung, sondern als eine Art Entschuldigung für die ihm im Übermaß zugemuteten zusätzlichen Arbeiten. Sie hatten sich aneinander gewöhnt. Die Korrespondenten, die aus freien Stücken zur Zeitung kamen, blieben höchstens ein halbes Jahr. Sie verschwanden wieder, weil sie entweder anderswo für dieselbe Arbeit mehr Geld bekamen, oder weil sie den Provinzialismus nicht aushalten konnten, der sie schon ganz am Anfang ihrer Tätigkeit, die sie mit soviel Hoffnung begonnen hatten, lähmte, oder die Monotonie, die ihre Phantasie allmählich versiegen ließ, oder auch den Despotismus des Chefredakteurs nicht mehr ertragen konnten. Wer blieb, das waren sie beide. Und beide erkannten sehr wohl, daß sie sich in einem unbarmherzigen Rivalitätskampf aufrieben. Darin lag die Grausamkeit und das Bemitleidenswerte ihrer Situation. Sowohl er wie auch der Chefredakteur waren sich dessen bewußt. Einerseits ärgerte man sich, andrerseits war es nicht zu ändern. Die Annoncen, die bei der Zeitung eingingen, wurden von Tag zu Tag weniger. Es gab allenfalls noch Kleinanzeigen von höchstens zwei Zeilen, die von Tischlern, Klempnern oder Schlossern, die eine Gelegenheitsarbeit suchten, aufgegeben wurden oder von Änderungsschneidern und von irgendwelchen Meistern, die nach Akkord- oder Heimarbeit Ausschau hielten. Und dann noch die »Herz-Postkarten«-Briefe, eine Art Heiratsvermittlung für »Einsame Herzen«. Dank der Lokalnachrichten und Bildberichte von Hochzeiten, Verlobungen, Geburtstagen und Taufen blieb die Zeitung aber doch irgendwie am Leben.

Die Tage, als sein Musical monatelang auf den Plakaten am Broadway angezeigt war und jedermann Songs daraus pfiff, waren lange vorbei; auch die Zeit, da die Skandale, die er verursacht hatte, wenn er betrunken war, Aufsehen erregten. Jetzt ging er höchstens einmal in der Woche mit ein paar ehemaligen Schriftstellern, die wie er ihre beste Zeit hinter sich hatten, in ein Bierlokal, das von wenig erfolgreichen Journalisten frequentiert wurde. Wenn er einen Bekannten traf, den er mochte, spielten sie eine oder zwei Partien Billard; traf er niemanden, setzte er sich an die Bar und schlürfte seinen Whisky. Aufgegeben hatte er trotzdem nicht. Während der täglichen Arbeiten, beim Korrigieren der von den Anfängern fabrizierten Nachrichten, beim Ordnen der Briefe für den »Herz-Postkasten«, wartete er auf neue glanzvollere Tage. Er war Ende vierzig, sein Haar leicht gelichtet. Aber er war gesund. Wichtig war es, eine Chance für den erneuten Durchbruch zu bekommen. Nun, die ergab sich jetzt. Eine Gesellschaft, die preiswerte Pauschalreisen organisierte, hatte zusammen mit der Zeitung ein Geschäft avisiert. Das Angebot war nicht schlecht: Ein Korrespondent der Zeitung sollte die dreiwöchige Schiffsreise in die Karibik mitmachen und die Reiseeindrücke und die Porträts der Mitreisenden im täglichen Feuilleton veröffentlichen. Das war ein gutes Geschäft. Auf diese Weise würde einmal für die Reisegesellschaft billig Reklame gemacht, zum anderen konnte die Zeitung den geheimnisvollen Glanz karibischer Nächte im Originalton des tatsächlich Dabeigewesenen bringen. Durch diese Feuilletons, so die Rechnung des verantwortlichen Chefredakteurs, würde die tägliche Auflage leicht um fünfhundert steigen, weil sicher alle Angehörigen und Freunde der Mitreisenden die Serie mit Spannung verfolgten ...

Er lächelte plötzlich und sah hoch zu der Frau, die oben auf der Gangway noch immer für die Kamera posierte, und dann auf ihren Mann, der unten an der Mole versuchte, diese ungeschickten Posen in sein Objektiv zu bannen, dann kletterte er rasch die Gangway hinauf. Am Schiffseingang begegnete er einem Aufsichtsbeamten in weißer Uniform, die frisch aus der Wäscherei zu sein schien, aber ungebügelt wirkte, und einer unentwegt grinsenden Stewardeß. Der Beamte verlangte sein Billett. Selbstsicher reichte er es ihm. Der Beamte suchte nach dem Namen, fand ihn auch auf der Passagierliste in seiner Hand und hakte ihn ab. Dann sagte er mit unverbindlicher Stimme: »Herzlich willkommen an Bord von MS Blue Bird, Mr. Stanley.« Die unentwegt grinsende Stewardeß wiederholte dasselbe: »Willkommen an Bord, Mr. Stanley.« Sie nahm dem Beamten das Billett aus der Hand, warf einen Blick darauf und fügte gleich hinzu: »Gehen Sie die linke Treppe hinunter zum Deck C, in dem Korridor vor Ihnen ist dann Ihre Kabine. Wenn Sie irgendeine Frage oder einen Wunsch haben, steht der Steward zu Ihrer Verfügung. Wenden Sie sich bitte ohne Zögern an ihn.«

»Vielen Dank.«

Als er zur Treppe ging, hörte er einen Namen nennen, Mrs. Sheppard. Unwillkürlich drehte er sich um. Der Aufsichtsbeamte begrüßte soeben eine ältliche, blaß-rosa lächelnde Dame, die geradeso wie er vorhin ihr Billett vorzeigte, und sagte mit gleicher unverbindlicher Stimme: »Willkommen auf MS Blue Bird, Mrs. Sheppard.« Dann hörte man die Stewardeß. Mit mechanischer Stimme erläuterte sie der Frau, die Mrs. Sheppard zu heißen schien: »Gehen Sie die linke Treppe hinunter zum Deck C, Ihre Kabine befindet sich in dem Korridor vor Ihnen. Wenn Sie irgendeine Frage oder einen Wunsch haben, steht Ihnen der Steward zur Verfügung. Wenden Sie sich bitte sofort an ihn.«

Die blaß-rosa lächelnde ältliche Dame, die gleich hinter ihm zur Treppe ging und von der er nun wußte, daß sie Mrs. Sheppard hieß, warf ihm nur einen sekundenlangen Blick zu. Aus unerfindlichen Gründen prägte dieser Blick sich ihm tief ins Gedächtnis. Die Frau besaß für ihn eine unerklärliche Anziehungskraft. Als er versuchte, die Nummer seiner Kabine ausfindig zu machen, fühlte er, daß sie unmittelbar hinter ihm ging.

Beim Öffnen seiner Kabinentür Nr. 107, die sich in der Mitte des Korridors befand, ahnte er, daß die Frau hinter ihm die Kabine 106 betrat, die wie alle geraden Nummern auf der anderen Seite des Korridors lag, doch der seinen genau gegenüber. Er ahnte es zwar, aber wollte sich mit dieser Empfindung nicht begnügen und drehte sich zu ihr um. Sie sahen einander an und lächelten.

Seine Kabine ging zum nahen Kai hinaus. Die Schiffsjungen draußen säuberten gerade das Bullauge seiner Kabine. Das außen am Fenster zusammenfließende Seifenwasser verwischte zunächst die Bilder dahinter, dann, als der Schaum mit der Bürste entfernt war, erschienen bis zum Horizont hin die kleinen Pflastersteine des Hafens in großer Klarheit.

Er zog sein Jackett aus und warf es nachlässig auf das Bett. Seine Kehle war ziemlich trocken. Aus seiner Tasche zog er eine Flasche Whisky und setzte sie an den Mund. Er nahm ein paar große Schlucke, schmatzte und genoß den Whiskygeschmack, der ihm die Kehle verbrannte. Er wischte sich mit dem Handrücken die Lippen und steckte sich eine Zigarette an. Schnell öffnete er seine Tasche, packte seine Wäsche wahllos in den Schrank und zog seine Schreibmaschine hervor. Er spannte einen Bogen Papier ein und begann, in die Tasten zu hämmern, als müßte er, um die Worte zu packen, die ihm unversehens aus dem Kopf zu schwinden drohten, einen Wettlauf mit ihnen beginnen.

Er schrieb das erste Feuilleton, damit es noch rechtzeitig für die morgige Ausgabe der Zeitung kam. Damit bei den Lesern das Interesse geweckt wurde, bemühte er sich um eine ziemlich kunstvolle Einleitung. Danach folgten ein paar philosophische Aperçus abwechselnd mit Zeilen allgemeiner Lebensweisheiten: verschiedenste Äußerungen zu Trennung, Fernweh, Abenteuerlust und Reisen an sich. Er beschrieb den Kai, die Abreise, die Aufregung der Passagiere und der Zurückbleibenden und wie sich die Blue Bird langsam aus dem Hafen entfernte, wie ein Vogel in eine blaue Weite hinein, die sehnsüchtig die Arme öffnete.

Mit knappen Strichen skizzierte er das Schiff, das

drei Wochen lang zu einer ganz neuen Welt mit völlig anderen Eindrücken für die Passagiere werden sollte, und das freundliche, gut ausgebildete und gewissenhafte Personal. Er schilderte die in den Gesichtern der Mitreisenden zu lesenden Empfindungen flüssig und anregend. Auch überdachte er noch zu Beginn, während er schrieb, wie er die Anfänge einer romantischen Liebesgeschichte, die in seiner Phantasie entstanden war, einbauen konnte. Wie würde sich wohl diese geheimnisvolle Liebe entwickeln, wie würde sie enden? Tatsächlich hatte ihm diese glänzende Idee noch am Anfang des Textes Inspirationen vermittelt, war eine treibende Kraft für das Schreiben gewesen. Er hatte dies als deutlichen Beweis seiner Schöpferkraft empfunden und sich dann gedrängt gefühlt, sich den entstehenden Feuilletons intensiv zu widmen. Dann aber, etwa in der Mitte des Textes, merkte er gerade noch rechtzeitig, wie sich der Einfall von einer »romantischen Liebe« ganz aus dem Rahmen des Erzählten herauszulösen und eine eigene, selbständige Geschichte zu werden begann. Ohne zu zögern, strich er längere Passagen wieder aus. Alles sollte das richtige Maß haben und das Interesse nicht unnötig beanspruchen. Das war eine Frage des handwerklichen Könnens. So sehr hatte er sich im Griff.

Als er den Artikel beendet hatte, war die Whiskyflasche zur Hälfte leer. Die leere Zigarettenschachtel warf er in den Papierkorb und brach eine neue an. Nach ein paar kleinen Verbesserungen und Veränderungen machte er sich hastig auf den Weg zur Kapitänsbrücke, um der Zeitung das Feuilleton zu übermitteln.

»Stanley, von der Zeitung ›Southern Star‹«.

»Sehr angenehm, Mr. Stanley, ich bin Kapitän Lee Anderson. Ich habe Sie erwartet ... bitte, noch einen Augenblick ...« Gerade begann das Schiff, sich mit

Hilfe zweier Schlepper vom Kai zu entfernen. Das war keine leichte Sache für ein großes Schiff. Der Bug bewegte sich zur Ausfahrt aus dem belebten Hafen. Bis der Kurs in Richtung freies Meer erreicht war, bedurfte es noch einer Reihe von Rangiermanövern. Schwere Schiffsschrauben bewegten das Schiff pausenlos vor und zurück. Das Wasser schäumte. Das dickflüssigölige Wasser des Hafens wurde milchweiß vor Schaum.

Der Kapitän gab noch einige Zeit kurze Anweisungen, dann überließ er das Kommando dem Vizekapitän.

»Mr. Stanley, ich hoffe, Sie werden auf unserem Schiff eine schöne Zeit haben. Unsere Passagiere sind ja alle älter. Den lebenslangen Wunsch nach einer großen Reise haben sie sich erst nach der Pensionierung erfüllen können, aber Sie werden sehen, es wird Ihnen nicht langweilig werden hier, es wird Ihnen gefallen. Kann ich Ihnen sonst noch irgendwie behilflich sein?«

»Ich habe meinen Artikel für die Zeitung fertig und würde ihn gerne durchgeben.«

»Aber natürlich, bitte sehr, gehen wir in den Funkraum.«

Der Kapitän machte einen offenen, sympathischen Eindruck. Er hatte gar nichts Typisches von einem Kapitän an sich, war eher schmächtig und hochgewachsen. Sein blonder Schnurrbart war gepflegt, und obwohl er so jung wirkte, flößte er Vertrauen ein.

»Ich hatte gar nicht erwartet, daß Sie Ihren Artikel so schnell beenden würden. Sicher haben Sie über unser Schiff und die Gäste nur Freundliches berichtet?«

»Natürlich.«

»Sie haben Freude daran, diese Art Artikel zu schreiben?«

Man merkte, daß der Kapitän eigentlich noch mehr sagen wollte.

»Ich tue meine Arbeit mit Vergnügen.«

»Ich verstehe, Mr. Stanley. Aber vielleicht darf ich einmal anders fragen: Werden diese Art Artikel für die Zeitung auch von literarischer Bedeutung sein? Oder sind sie ganz alltägliches Feuilleton bzw. Reportagen? Das heißt, wird man Ihnen auch Ihre schöpferische Kraft, Ihre Fähigkeiten als Schriftsteller anmerken? Wird ein so begnadeter Autor wie Sie die Passagiere auf diesem Schiff, ja vielleicht sogar das Schiff selber sozusagen als einzelne literarische Figuren in die Literaturgeschichte eingehen lassen? Sie bemerken natürlich den Eigennutz hinter dieser Frage. Nun, was würden Sie sagen?«

Er hatte verstanden, was der Kapitän meinte.

»Ich habe eben eine ›love story‹ entworfen und bin gerade dabei, sie in die Artikel einzubauen.«

»Oh, hoffentlich nur eine ›love story‹? Jedenfalls bitte nichts Kriminalistisches! Wir sind doch im Blickpunkt der Öffentlichkeit und der Name unseres Unternehmens ... Das würde ein schlechtes Licht auf uns werfen, wie Sie sich denken können ...«

»Keine Sorge, nur eine Liebesgeschichte, etwas, was sich jedermann ausdenken könnte. Eine Geschichte, deren Held jedermann sein könnte, also ziemlich einfach ...«

»Eine einfache Geschichte, würden Sie sagen?«

»Ja, eine einfache, fast könnte man sagen: eine alltägliche Geschichte ...«

»Ich glaube Ihnen, Mr. Stanley.«

Auf dem Gesicht des Kapitäns war so etwas wie Bewunderung zu lesen. »Ich bin wirklich sehr glücklich, Sie unter unseren Passagieren zu haben. Bitte denken Sie daran, daß ich Ihnen zu jeder Zeit zur Verfügung stehe. Seit Ihrem herrlichen Musical zähle ich schon zu Ihren Bewunderern, aber Sie haben mich und viele andere auch lange auf die Folter gespannt. Auf einmal waren Sie verstummt. Wir haben vergeblich gewartet und nichts mehr von Ihnen gehört. Wie lange ist das jetzt her?«

»Ich glaube, siebzehn Jahre.«

»Siebzehn Jahre ... Warum haben Sie denn nichts mehr geschrieben? War der Schluß dieses Musicals nicht unvergeßlich? Jedenfalls ist eine Generation, unsere Generation, mit diesen Schlußworten großgeworden. Sie ist mit dem geheimen Zauber dieser Worte aufgewachsen und gereift. Die reifere Jugend brauchte heute wieder so ein paar Zauberworte. Meinen Sie, daß es noch einmal solche wunderbaren Worte geben wird, die diejenigen, die heute in der Mitte ihres Lebens stehen, bis zu ihrem Lebensabend begleiten? Wollen Sie nicht vielleicht für sie ein neues Stück schreiben?«

»Haben Sie Dank für Ihre Liebenswürdigkeit!«

Der Kapitän hatte die Augen fest auf einen Punkt auf dem Boden geheftet, so als suche er etwas in seiner Erinnerung. Diese Suche dauerte eine ganze Weile. »Ich bringe es nicht heraus, wie war noch dieser letzte herrliche Satz? Ach Gott, ich hab' es doch tatsächlich vergessen, es fällt mir einfach nicht mehr ein. Dabei hatte es sich mir so tief eingeprägt ... also wirklich ...«

»›Wenn ich deine Hand halte, wenn ich die Augen schließe, denke ich nichts – ich bin glücklich!‹«

Der Kapitän wiederholte wie im Traum: »Wenn ich deine Hand halte, wenn ich die Augen schließe, denke ich nichts – ich bin glücklich!«

Gleich darauf fügte er hinzu: »Mr. Stanley, sind Sie jemals vollkommen glücklich gewesen? Dies möchte ich von einem Mann der Feder gern wissen.«

»Ich bin auf der Suche nach einem Ideal.«

»Und was, glauben Sie, wäre das: ein Ideal?«

»Eine Synthese zwischen Traum und Wirklichkeit.«

»Wunderbare Worte ... gefallen mir sehr, ich hoffe, ich behalte sie, wenn mir mein Gedächtnis nicht wieder einen Streich spielt. Mr. Stanley, Sie unter uns zu wissen, macht mich glücklich, das möchte ich Ihnen nochmals versichern. Wenn Sie irgendeinen Wunsch haben, lassen Sie es mich, bitte, unverzüglich wissen. Bitte sehr, unser Funker hat die Leitung für Sie hergestellt . . .«

Er wandte sich zum Gehen, als ihm etwas einzufallen schien und er sich noch einmal umdrehte und in herzlichem Ton meinte: »Ich erwarte Sie vor dem Abendessen zum Tee in meiner Kabine; wenn Sie mir das Vergnügen machen wollen, würde ich mich freuen.«

Aus Tagen wurden Wochen. Die Reise verlief sehr angenehm. Die Beziehungen der Passagiere untereinander, die in den ersten Tagen noch von Zögern und Mißtrauen geprägt waren, wurden enger und herzlicher. Um der Eintönigkeit, die sich nach Tagen mitten auf dem Meer eingestellt hatte, zu entgehen, hatten sich kleine Poker- und Bridge-Gruppen gebildet. Außerdem wurden Turniere organisiert, man veranstaltete Tanzwettbewerbe und Wettspiele in Sackhüpfen und Eierlaufen, wobei man die Eier mit einem Löffel im Mund zu transportieren hatte. Seit man die offene See erreicht hatte, meinte es der Wettergott gut. Die Meeresoberfläche kräuselte sich nicht einmal, außer bei einem gelegentlichen kurzen Lüftchen. Keinerlei Unwetter oder nur schlechtes Wetter . . . Man erlebte eine ruhige, harmonische, jedermann zufriedenstellende Reise. Seit man südlichere Gefilde erreicht hatte, nahm die Luft mit der Sonne einen angenehmen Duft an. In den Häfen, die für ein paar Stunden angelaufen wurden, überprüfte man, ob die lange schon in der Vorstellung gehegten Erwartungen tatsächlich der Wirklichkeit entsprachen, und daß diese so oft die Erwartungen bestätigten und bekräftigten, erregte bei den Passagieren Freude und Genugtuung. Gelegentlich gab es auch durchaus ungewöhnliche und unerwartete Vorkommnisse; etwa einen großen Schwertfisch, der ein paar Meilen entfernt über die Wasseroberfläche sprang. Oder die Furcht, das Schiff zu verpassen – wenn man sich im Hafen von der Gruppe getrennt hatte –, bis zu dem Zeitpunkt, da man sich mit einem Taxichauffeur einigte und doch wieder zum Hafen zurückfand. Oder man begegnete an einem einsamen, palmengesäumten Strand plötzlich einer großen Wasserschildkröte. Dies wurde zu unerhörten Abenteuergeschichten ausgewalzt und bereicherte, ungeheuer übertrieben, die Tischgespräche. Jedermann schien etwas von dem gefunden zu haben, was er suchte.

Der verantwortliche Chefredakteur vom ›Southern Star‹ war ausgesprochen gutgelaunt. Die Feuilleton-Artikel kamen sehr gut an, die Auflage hatte sich noch mehr erhöht als vorher vermutet. Es hagelte nur so Leserbriefe und -anfragen, in denen man sich erkundigte, wie lange die Feuilletons noch fortgesetzt würden, und vorschlug, sie doch später in Buchform zu veröffentlichen. Einige ungeduldige Leser zogen es sogar vor, statt auf die weiteren Folgen der Artikel zu warten, bei der Zeitung anzurufen, um den Ausgang der sich in den Artikeln langsam aufbauenden Liebesgeschichte zu erfahren. Andere Reiseunternehmen begannen, ähnliche Angebote zu machen. Mr. Stanley hörte davon aus dem Mund des Chefredakteurs, wenn er Tag für Tag im Funkraum saß, um der Zeitung die Artikel durchzugeben, und setzte die Serie mit Hingabe und allmählich sich steigernder Erregung fort.

Was berichtete er nicht alles: Die Silberhochzeit eines Paares zum Beispiel, die eines Abends gefeiert wurde; sie wurde zu einem nicht enden wollenden Vergnügen, wie in den Märchen aus Tausendundeiner

Nacht. Oder eine unter Aufsicht der Schiffsbesatzung durchgeführte Fischfang-Party, die ein wenig von der abenteuerlichen Auseinandersetzung eines Kapitän Ahab mit Moby Dick annahm ... Und als man erst in St. Juan anlegte und ein Bündel ›Southern Stars‹, das man mit der Post geschickt hatte, an Bord gelangte, da erreichten die allgemeine Begeisterung, aber auch das »Gemeinschaftsgefühl« ihren Höhepunkt. Den ganzen Tag, bis spät in die Nacht hinein, wanderten die Exemplare mit der Artikelserie von Hand zu Hand. Jede Folge wurde mehrfach gelesen, jeder erläuterte die eigene Geschichte, die erlebten Abenteuer, auch das, was zwischen den Zeilen stand, und bemühte sich, die Geschichte von allem Verfremdenden zu befreien und so tatsächlich für sich in Besitz zu nehmen. Aber vergeblich! Die Verfremdung des Erzählten war schöner als die Wirklichkeit, und alle begannen, das Geschilderte für die Realität zu halten. Darüber beschwerte sich ohnehin kaum jemand. Vielmehr faszinierte es die Betroffenen eher und befriedigte sie auch. Auch von jenen Passagieren, die in den Artikeln durchaus nicht so, wie sie sich selber gerne sehen wollten, geschildert wurden, kamen nur ein paar Beschwerden und Einwände. Ein paar vorwurfsvolle Worte, die von solchen Leuten geäußert wurden, verstand Mr. Stanley leicht und elegant zu übergehen. Um sie nicht zu verletzen, ging er kaum darauf ein.

Seit dem ersten Tag bereits saß Mr. Stanley beim Frühstück, Mittag- oder Abendessen an einem bestimmten Tisch Mrs. Sheppard gegenüber. Außer ein paar kurzen, höflichen Floskeln und Redewendungen hatten sie nicht viele Worte miteinander gewechselt. Mrs. Sheppard, auf den schmalen Lippen stets den Hauch eines rosigen Lächelns und von einer Art geheimnisvoller Schönheit, die trotz der Falten noch immer erkennbar war, blieb von jenen kurzen Dialogen abgesehen, stumm. Die einreihige Kette aus riesigen Perlen, die sie zum Abendessen um den Hals trug, paßte irgendwie zu ihrer Schweigsamkeit und gewann dadurch eine tiefe Bedeutung. Sie war wohl die einzige Person, die in den Artikeln nirgends vorkam, überhaupt nicht erwähnt wurde. Sonst hätte sich vielleicht ihr herrliches Geheimnis aufgelöst und wäre verschwunden. Und das hätte niemand gewollt. Dies war für sie wie ein gemeinsamer Zauber, ein Geheimnis.

Epilog

Wie üblich ging die Reise mit einem großen Ball zu Ende, den der Kapitän zu Ehren der Gäste am letzten Abend ausrichtete. Dafür hatte man den großen Salon mit Lampions, bunten Girlanden und Bändern geschmückt. Die Tische wurden ringsum in Form eines großen Hufeisens angeordnet und mit Blumenschmuck versehen, Kerzen brannten in silbernen Leuchtern. Ein Tisch ganz in der Mitte war besonders aufwendig hergerichtet; der war für den Kapitän und die Ehrengäste reserviert.

Mr. Stanley und Mrs. Sheppard hatten an diesem Tisch Platz genommen. Pünktlich um 22 Uhr eröffnete der Kapitän den Ball, indem er eine Dame zum Tanz aufforderte. Die Tanzfläche füllte sich umgehend, das Orchester spielte einen heißen südamerikanischen Tanz nach dem anderen. Man suchte sich den schnellen Rhythmen anzupassen, geriet durch die stampfenden Bewegungen in Schweiß, und wer nicht mehr konnte, ließ sich außer Atem an seinem Platz nieder ... Es wurde getanzt, getrunken, man amüsierte sich und lachte.

Zwei Personen rührten sich nicht von ihren Plätzen: Mrs. Sheppard und Mr. Stanley. Als sie merkten, daß die anderen den Tisch alle verlassen hatten, nahmen sie eine etwas gezwungene Unterhaltung auf.

»New York kennen Sie sicher sehr gut,« sagte Mrs. Sheppard.

»Doch, ziemlich ...«, antwortete Mr. Stanley.

»Dann werden Sie natürlich auch den Russischen Teesalon kennen, in der 57. Straße ...«

»Eine Zeitlang bin ich häufig dort gewesen.«

»Ich auch ... Die ›Blinis‹ dort ... meinen Lieblingslikör gab es ebenfalls ...«

»Darf ich Sie um einen Tanz bitten?«

»Mit Vergnügen.«

Mr. Stanley erhob sich, schloß die Knöpfe seines dunklen Jacketts und machte vor Mrs. Sheppard eine etwas unsichere Verbeugung. Als sie in die Mitte der Tanzfläche gelangt waren, schien Mr. Stanley tatsächlich einem Zauber verfallen zu sein. Mrs. Sheppard umfaßte auf einmal mit einer ganz unerwarteten Bewegung ihre vom schwarzen, silberbestickten Abendkleid verhüllten schweren Brüste, strich sich mit den Händen darüber und hob sie mit einladender Miene empor. Sie ließ ihre Hände langsam von seiner Taille zu seinen Hüften und weiter abwärts gleiten. Als gäbe sie sich einem Rausch hin, schloß sie die Augen und seufzte: »Also, kommen Sie ...«

Der Reiseschatten (1982)

Ich ging davon aus, daß es nichts mehr zu sagen, nichts mehr zu tun gab. Der so aussah wie ich, war ich in Wirklichkeit nicht, glich ihm nicht im geringsten; ich war entweder nicht an dem Ort, an dem ich mich befand, oder aber in einer anderen Gestalt; niemals war ich also ich selbst. Das gebe ich, wie du siehst, offen zu; was meine Person anbelangt, ist dies das einzig ehrliche Geständnis. Laß uns das alles vergessen! Am besten Schwamm darüber! Das geht natürlich nur so, daß wir in einer veränderten Lage andere Verhältnisse schaffen. Ich weiß, wir müssen noch einmal von vorne beginnen, mit allem. Ohne je erwachsen gewesen zu sein, stellen wir auf einmal fest, daß wir alt geworden sind; doch ist dieses Alter im übrigen nicht etwas rein Äußerliches, sondern eine unüberwindliche Angst in uns, die im geheimen wuchs und sich mit einem Mal offenbarte. Diese Reise kann man auch die Suche nach einer neuen Heimat nennen ... Eine Reise an das Mittelmeer mit seinen tausend- und abertausendjährigen Erfahrungen, im Gefühl der Schönheit, der Geist umfangen von der Beschaulichkeit absoluter Ruhe, befreit von allen Ängsten, auf der Suche nach einem Neubeginn ganz anderer Art, der bis in eine Ewigkeit reicht, die kein Alter kennt. Wir werden es schaffen, du wirst sehen. Und wir beide werden zu ganz anderen Menschen, ganz verändert in der neuen Heimat, die uns das Mittelmeer bietet ...

Sie sah über die Schulter nach rechts, war offensichtlich guter Dinge.

Alles lag hinter ihr; die Kultur, die wir Tag für Tag ohne besondere Anstrengung auf passive Weise konsumieren ... und auch die Lethargie, mit der wir dazu beitragen, das allgemeine Chaos um uns herum noch zu vergrößern... Dann denke ich an die Gesichter, die sich, einerlei ob alt, ob jung, alle gleichen: zornige, mürrische Gesichter, ohne Respekt vor dem anderen, egoistisch, verletzend, empfindlich obendrein! Ein Wirrwarr von Gefühlen und Reaktionen. Stell dir mal einen Snob vor, der unter Niedergeschlagenheit leidet... Die Wahrheit in der Werbung jedoch, durch die sich die Allgemeinheit anpreist, ist das glatte Gegenteil: Berlin ist eine Stadt voll wunderbarer Menschen, eine wunderbare Stadt! Eine Stadt, die lebt und erlebt werden will!

Jawohl, es stimmt: Es ist eine Stadt, die mit dem Tod ringt und doch zwischen Tod und Leben eine Möglichkeit gefunden zu haben scheint, sich mit Selbstironie zu überschütten, eine Stadt, in der Schmerz, unterkühlte Beziehungen, Angst, Einsamkeit, Melancholie und Revolte dicht beieinander wohnen ... Von dort kommen wir, und wir werden uns bemühen, unsere Krankheiten zu überwinden ... Wir werden dafür sorgen, daß man uns nicht mehr Beifall klatscht ... Nicht wahr?

Kompromißbereitschaft lag in seiner Stimme, als er diese Frage stellte. Es störte ihn nicht, daß er keine Antwort bekam. Die Autobahn verlief schnurgerade, der schwarze Teer klebte in der Hitze. Vor ihm fuhr ein Volvo mit dem Kennzeichen HD YL-290, und ein blauer französischer Wagen, der ihm folgte, mit dem Kennzeichen 72-2844 (das ›F‹ daneben verriet die Nationalität), überholte sie beide nach einer Weile. Nach dem Franzosen setzte auch der Volvo zum Überholen an. Nun war Armin Tiede allein mit einem Auto mit Anhänger vor sich, der ständig in alle Richtungen ausscherte. Er sah in den Rückspiegel und suchte vergeblich nach einer Möglichkeit, die Fahrbahn zu wechseln. Die Autos auf der linken Spur fuhren hintereinander eines nach dem anderen an ihm vorbei. In dem kleinen, mit Segeltuch bespannten Anhänger stand ein Pferd. Entgegengesetzt zur Fahrtrichtung sah es mit seinen riesigen Augen zu ihm hin, sie blickten sich prüfend an. Mehrmals versuchte er zu überholen, vergebens. Die hinter ihm schossen wie Pfeile an ihm vorbei. Er wurde ärgerlich. Schließlich schaltete er auf einen niedrigeren Gang um und drosselte die Geschwindigkeit erheblich. Er gab sich damit zufrieden, sich vom Pferd im Anhänger ablenken zu lassen, das gelegentlich den Hals herausstreckte und die Luft durch die Nüstern sog. Der Ärger, den er nicht unterdrücken konnte, aber erzeugte in ihm gleichzeitig ein Gefühl der Reue.

Ich dachte nach, und meine Worte von vorhin kamen mir mit einem Mal ungerecht vor. Eigenlob stinkt. Ist die ersehnte Identifikation, die man auch gesuchte Identifikation nennen könnte, die Glorifizierung eines Ideals, das außerhalb der Wirklichkeit liegt, denn zu überhaupt nichts nütze? Noch dazu in einer Zeit, in der alle Ideale zerfallen? Doch von diesem Wunder geht in der Tat ein besonderer Zauber aus. Trotz aller Verdrossenheit, aller Lieblosigkeit verbirgt sich dahinter ein geistreicher Humor, ja sogar die Identifikation selbst ... Sie zieht das Leben förmlich hinter sich her, indem sie ihm jenseits der Wirklichkeit neue Bedeutung, neue Kraft verleiht. Dieses Spiel, dieses uralte Spiel spielen wir alle zusammen. Sein einziger Fehler: Die gesellschaftlichen Verhältnisse darin stimmen mit den individuellen Gegebenheiten nicht überein. Hier beginnt die Unsicherheit, die unweigerlich in den Ruin führt. Den Ruin, den unsere Generation nach der Niederlage von '68 nicht verwinden kann. Eine Heimat, die zu unserer persönlichen Eigenart paßt, konnten wir nicht finden. Jetzt aber, wie spät wir auch daran sind, haben wir uns auf die Suche nach dieser Heimat gemacht, um nicht in Widerspruch zum gesellschaftlichen Erscheinungsbild zu geraten. Einer Heimat, die jeden mit ihrem Sinn für Schönheit, ihrem herrlichen Meer, umfängt: gesund, ausgeglichen, zeitlos. Wir werden zu zweit sein. Wir werden einen neuen Ausgleich suchen für unsere krankhaften Beziehungen. Die Regeln dafür werden die Notwendigkeiten unserer Beziehungen aufstellen. Von neuem wird unser Bewußtsein entstehen; wir werden das individuelle Vakuum inmitten der uns umgebenden Gesellschaft überwinden. Den luftleeren Raum werden wir füllen und uns dadurch eine gesellschaftliche Heimat schaffen. Ich rede wohl etwas zuviel, wie? Aber ich rede nicht, weil ich dich langweilen will; oder wußtest du das vielleicht alles schon? Natürlich hast du davon gehört, wir haben ja schon oft darüber geredet, diskutiert, so oft wurde darüber geschrieben ... Richtig. Doch, ausgehend von einer anderen Perspektive, haben wir jetzt die Kraft, all dies auch in die Tat umzusetzen. Ich glaube nicht, daß es zu spät dazu ist. Du wirst sehen, unser Zusammenleben läßt sich auf der Grundlage von Kreativität, Produktivität und Enthusiasmus ganz neu gestalten. Schon gut, ich höre ja auf mit diesem nicht enden wollenden Unsinn. Du hast ja recht. Dies ist eine Reise ohne irgendwelche Erwartungen. Damit bin ich ja einverstanden. Gleicht sie etwa der alljährlichen, ganz ungewöhnlichen Urlaubsreise? Aber nein, sei nicht so banal. Ich glaube, du tätest besser daran, von einer radikalen Erneuerung unseres so zerrütteten Zusammenlebens zu sprechen. In unserem elf Jahre währenden ehelichen Zusammenleben gibt es natürlich allerlei Verfaultes, das wir gemeinsam entfernen müssen. Ob ich dir mit diesen Worten etwas einreden will? Du irrst dich; was ich sage, kommt von Herzen. Nein, du irrst dich, glaub mir, ich will dir nicht auf die Nerven fallen. Na gut, ich schweige ja schon. Wie du willst. Dann sage ich eben nichts mehr. Du hast recht, wir sollten lieber die Reise genießen. Ja, natürlich, wir sollten uns mit anderen Dingen beschäftigen, das ist auch eine Methode. Der Wagen mit dem Anhänger verließ bei der nächsten Ausfahrt die Autobahn, so daß Armin Tiede wieder Gas geben konnte; die Straße vor ihm war frei.

»Ich liebe dich. Ich möchte, daß du weißt, daß ich dich wirklich liebe«, sagte er mit einer Stimme, in der mehr Selbstbetrug als Überzeugung lag.

Als er nördlich von Mühlheim den Rhein überquerte und an den Grenzübergang kam, wollte er gerade das Fenster öffnen und die Pässe hinausreichen, die französischen Zöllner jedoch, die plaudernd, gegen die Eisengitter gelehnt, dastanden, schenkten ihm nicht einmal einen Blick. Ohne sich stören zu lassen, gaben sie ihm nur ein Zeichen, weiterzufahren.

Er war der Meinung, jenseits der Grenze müßte die Natur plötzlich anders aussehen. Doch bis Mühlhausen (Mulhouse) blieb sie so häßlich wie zuvor. Außerdem lag ein schwerer Geruch in der Luft. Er schloß das Fenster. Innerhalb weniger Minuten verwandelte sich das Wageninnere in einen glühenden Ofen. Schweißperlen traten ihm auf die Stirn, die über die Schläfen bis in den Nacken herunterflossen. Die Haare klebten ihm am Kopf. Die parallel zur Straße vorüberflitzenden Hochspannungsleitungen und die den Straßenrand säumenden Pappeln verstärkten die Eintönigkeit ringsum, und es drängte ihn, schneller zu fahren. Einen Augenblick lang bekam er es mit der Angst zu tun: Was tue ich denn da? Bin ich wahnsinnig geworden? murmelte er vor sich hin, als ein Blick auf den Tachometer ihm zeigte, daß er mit 140 km in der Stunde dahinbrauste. Auf einer Straße, die ich nicht kenne, ist das der reinste Selbstmord! Am rechten Straßenrand bemerkte er ein Verkehrszeichen, auf dem in einem rot und weiß umrandeten Kreis die Zahl 60 stand und darunter das Wort »Rappel«. Dann folgte ein weiteres Zeichen mit einem nach rechts zeigenden Pfeil und der Aufschrift »Centre Ville«. Er bog aber nicht hier ab, sondern fuhr über die N 83 weiter nach Besançon. Je weiter er vorankam, desto spärlicher wurden die häßlichen Zeugnisse der Industrie; ihre Spuren verschwanden nach und nach, und die Natur entfaltete sich Schicht um Schicht wie ein Umschlagtuch. Die Werbeplakate rechts und links der Straße waren schon verblichen, und die geometrische Monotonie der Schriften und Bilder darauf hatte sich verwischt. Sie schienen sich der Natur angepaßt zu haben. Immer wieder am Ortseingang machte die Straße einen Bogen, und dann, wenn man die Kurve hinter sich hatte, stach einem sofort die Aufschrift auf der Mauer des ersten Hauses ins Auge: »C'est plus Zama Zant en Z. 1047 Peugeot.« In der Mitte prangte ein Z und daneben ein Peugeot. Er gewöhnte sich schnell an diesen Anblick. Machte ihn sich gar zu eigen. Nach jeder Kurve hielt er schon erwartungsvoll Ausschau nach dem ersten Haus, der Schrift und dem Bild, und hatte er sie schließlich entdeckt, begrüßte er sie wie alte Bekannte, indem er leicht auf die Hupe drückte. Gegen 17 Uhr traf er in Isle sur le Doubs ein. Die Kleinstadt lag allein auf weiter Flur, hingestreckt zwischen dem Fluß Doubs und dem Kanal. Nichts Besonderes war an ihr auszumachen, verlassen und still träumte sie vor sich hin, gab kein Lebenszeichen von sich auf den ersten Blick. Die Wasser des Flusses zogen sich vor der Stadt in die Breite und bildeten wegen der Sperrmauer unter der Brücke einen glatten, stinkenden See. Hier mündeten die Abwässer der umliegenden Häuser. Die wilde Strömung hatte Baumstämme, dicke Zweige an die Sperrmauer getrieben, an denen Plastiktaschen, Stoffetzen, Autoreifen, Büchsen und vielerlei Unrat hingen. Blickte man von der Brücke aus zurück, so bildeten die auf den Fluß herabhängenden Bäume und die verfallene Mühle in diesem dunstigen August bei Sonnenuntergang trotz allem eine Idylle von großer Beschaulichkeit. Im Hotel La Marine am Quai du Canal Nummer 2 gab es noch ein Zimmer. Es sah auf den Kanalsee hinaus, hatte Tapeten mit blauem Blumenmuster und war spärlich möbliert.

Armin Tiede hatte gemischte Gefühle. Er wußte nicht einmal, ob er glücklich oder unglücklich war. Eine Zeitlang ruhte sein Blick gedankenverloren auf den vor seinem Fenster im stillen Wasser vorbeischwimmenden Blättern. Er suchte nach einem Vorwand, nach draußen zu gehen, und es fiel ihm ein, daß er noch einmal nachsehen konnte, ob die Autotüren geschlossen waren. Als er neben dem Kanalsee die Brücke überquerte, stand er an einer Stelle, die weder eine Straßenkreuzung noch ein Platz zu sein schien. Was ihm zuerst ins Auge fiel, war ein verloren wirkendes Denkmal. Er trat näher und las die Inschrift auf dem Sockel:

Pro Patria
1914–1918
La Ville de l'Isle-s-Doubs
A
SES ENFANTS

Am Fuß des Denkmals standen Blumensträuße aus buntem Porzellan, und trotz all seiner Bescheidenheit schien das Denkmal die Kleinstadt zu beherrschen: offen, ohne Argwohn, selbstsicher und geachtet. Armin Tiede drängte sich ein lästiger Gedanke auf: So ein Denkmal sähe in Deutschland nicht so aus oder doch ... Sein Blick wanderte umher, als fürchte er sich, diesen Gedanken weiter zu verfolgen; er suchte nach anderen Anhaltspunkten, auf die er seine Aufmerksamkeit lenken konnte, vergeblich. Ohne ersichtlichen Grund – ja ganz ohne Grund eigentlich – las er die Schriften im Schaufenster des Friseurs gegenüber: Salon Christian Tel. 927414. Hatte nicht jede Nation ein Recht auf ein solches Denkmal? Und gerade da, wo die nationalen Werte noch etwas galten ... Oder war Deutschland seiner Zeit voraus? Oder hinkte es der Zeit hinterher? Oder ... Einen Augenblick lang sperrte er sich dagegen, den Gedanken bis zu Ende zu verfolgen. Oder war Deutschland in seiner Unentschlossenheit hinsichtlich des Nationalismus noch immer voller Komplexe? Immer mehr Fragen stürmten auf ihn ein, Fragen über Fragen; er schob sie alle beiseite und rannte fluchtartig zum Hotel zurück. Geistig stand er gleichsam an der Schwelle zum Reich der Alpträume. Dabei sollte er doch auf dieser Reise seine Ruhe wiederfinden!

»Wo bist du denn? Sollten wir nicht die Koffer auspacken? Was hältst du davon, etwas zu essen? Ich mag nichts, bin ziemlich müde. Dieses Zimmer bedrückt einen, wir hätten doch etwas anderes suchen sollen. Warmes Wasser gibt es auch nicht ...«

Schweigend stand er da.

»Was die Kinder wohl machen?«

Nein, jetzt war nicht der richtige Zeitpunkt, an die Kinder zu denken. Dann schämte er sich, als hätte er jemandem Unrecht getan. Wenn ihnen etwas zustieß im Ferienlager? Ein Gefühl der Schuld erfüllte ihn zusehends. Eine Abrechnung mit seinem eigenen Egoismus. Er erinnerte sich: Immer, wenn er sich als Kind über seine Eltern geärgert hatte, ihnen grollte, hatte er sich in eine Ecke verkrochen und davon geträumt, daß die Eltern einem unerwarteten Unfall zum Opfer fielen und er allein auf einem Inselchen mitten im Pazifik lebte, und hatte neben ein wenig naiven Gefühlen der

Rache unendliche Freude darüber empfunden, sie wenigstens in seiner Phantasie besiegt, sich von ihnen befreit zu haben.

Warum aber lag diese Insel so weit weg im Pazifik und nicht irgendwo sonst? Es fiel ihm ein, daß die Vorstellung von einer Insel im Pazifik wohl daher rührte, daß er zur Wirklichkeit eine möglichst große Distanz herstellen wollte.

»Sag doch etwas! Warum redest du denn nicht?«

»Alles wird in Ordnung kommen.«

»Nichts wird sich bessern, du hast mir ja nicht einmal zugehört ...«

»Morgen suchen wir uns ein besseres Haus, eines, das uns gefällt. Und übermorgen spätestens sind wir am Mittelmeer ... Das Mittelmeer, Gegenden mit gemütlichen Ortschaften, befreit vom despotischen Zorn der Geister, mit ihrer einladenden Eleganz an buchtenreichen Küsten, vom blau glänzenden Wasser umspült, gestreichelt von einer lauen, aus dem Landesinneren wehenden Brise.«

Mit diesen Worten, mit denen er seiner Phantasie Ausdruck gab, schwanden seine Kräfte noch mehr.

Schatten fielen auf die Kleinstadt. Dunkle Flecken machten sich da und dort breit. Die Sonne ging gerade unter. Auf dem breiten asphaltierten Platz gegenüber dem Rathaus gaben sich die Lastwagen mit ihren Anhängern ein Stelldichein. Diese Kleinstadt bot für die Lastwagenfahrer die geeignete Straßenkreuzung zum Übernachten. In die beiden Cafés und das Restaurant am Parkplatz kam mit einemmal Leben.

Das Essen verdient keine besondere Erwähnung. Die Bedienung zeichnete sich nicht gerade durch Emsigkeit aus, arbeitete ohne Schwung. 20 Francs für eine Flasche roten Vin de Table kamen ihm reichlich viel vor.

Ich weiß nicht, wie es dir ergeht, ich jedenfalls finde

keinen Schlaf, kriege einfach nicht den Dreh. Immer wenn ich gerade hinüberdämmere, zieht mein Leben in seinem spielerischen Auf und Ab an mir vorüber. Und macht mich zum Betrachter. Alles, was ich mit dem Erlebten nicht in Einklang bringen kann, hält mich gefangen, und die Sehnsucht nach all dem Nichterlebten ist der Grund meiner wachsenden Unruhe. Ich weiß nicht einmal mehr, was bereits vergangen ist, was ich versäumt habe und was noch erreichbar vor mir liegt. Richtig, im Bett soll man nicht rauchen. Ich werde jetzt aufstehen und das Fenster öffnen. Auch darüber müssen wir reden, nein, versteh mich nicht falsch, an meiner Unersättlichkeit bist nicht du schuld. Das behaupte ich nicht, allerdings bist auch du natürlich ein Bestandteil meiner Unzufriedenheit. Schweigen nützt hier nichts, es trennt uns nur. Rede ich zuviel? . . .

Er stand auf und öffnete das Fenster; der glänzende Schein des Mondes fiel ins Zimmer.

Seit einigen Jahren traten bei beiden nötige oder unnötige Verhaltensweisen zutage, die den anderen störten. Und manchmal trieben sie es soweit, daß sie Ereignisse von außerhalb zu Hause auf eine Weise erörterten, als wollten sie sich gegenseitig damit kränken. Es war bereits zur Gewohnheit geworden: Eine Nachricht im Fernsehen, die eine Diskussion auslöste, ein unerwartet eingetroffener Zahlungsbefehl, die tägliche Erhöhung der Haushaltskosten, ja sogar die Schlaflosigkeit in der Nacht reichten aus, sich Beschuldigungen an den Kopf zu werfen. Früher begannen und endeten ihre Auseinandersetzungen ruhig und still, und sie achteten darauf, sie vor den Kindern zu verbergen. Heute kümmerten sie sich nicht einmal mehr darum.

Er hatte eine schlechte Nacht hinter sich. Wälzte sich ruhelos hin und her. »Warum mußte es soweit kommen?« Armin Tiedes Augen füllten sich mit Tränen. Er fühlte sich elend. Mit dem Morgengrauen begannen die Lastwagen wieder aus der Kleinstadt zu rollen. Das Hotelzimmer dröhnte vom Brummen der Motoren. Er biß die Zähne zusammen, um das Weinen zu unterdrücken, schluckte ein paarmal. So völlig hilflos zu sein, gefiel ihm nicht. Ehe er jedoch gegen diese Schwäche ankämpfen konnte, riß ihn erst einmal der Strom des Schmerzes mit sich fort. Einer nach dem andern brachen die Dämme, die er zu seinem Schutz dagegen aufgebaut hatte. Und er konnte nichts weiter tun, als dem traurigen Schauspiel zuzusehen.

Unvermittelt drängte es ihn – er war gar nicht vorbereitet darauf – mit allem abzurechnen: mit der deutschen Geschichte, der deutschen Ideologie, der deutschen Wirtschaft, dem deutschen Wald, der deutschen Moral, dem deutschen Anstand, den deutschen Autobahnen, der deutschen Politik, dem deutschen Wunder, der deutschen Familie, der deutschen Frage ... Ich bin als einziger unter all den Deutschen eigentlich kein Deutscher. Denn ich hasse die deutsche Einsamkeit, die deutsche Arroganz, den deutschen Egoismus. Denn ich hasse den deutschen Rationalismus, der die Gefühle zügeln will.

Ein Gefühl der Erleichterung überkam ihn. Schnell zog er sich an.

Der Wechsel muß langsam erfolgen; kommt er schnell, kann man ihn nicht genießen. Dann nimmt man am besten gleich ein Flugzeug, und binnen zwei Stunden ist man am Mittelmeer. Was soll daran reizvoll sein? Die sich ändernde Geographie muß man genüßlich auf sich einwirken lassen. Das Licht ändert sich, nimmt einen neuen Glanz an, die über und über mit Moos bewachsenen Eichen und Buchen machen den Büschen, der Macchia mit ihren harten, schimmernden Blättern, den Pinien Platz; und die Berge, die

Felsen erscheinen in neuen Formen und bilden, umspielt von einem ganz neuen Duft, ein anderes Panorama ... Sobald man die Küste erreicht, tauchen die ersten Palmen auf. Die alten Bürgerhäuser, inmitten der Magnolien, Akazien, Glyzinien und Zypressen, mit ihren schattigen Dachrinnen, den geheimnisvollen Türmchen, den Fensterläden, die den Augen einer schlafenden Schönheit gleichen, mit ihren verwilderten Gärten, erinnern an verflossene Tage voller Gemütlichkeit ... Vielleicht finden wir am Hang ein kleines Sommerhaus mit einer Laube aus wilden Kletterrosen davor ... Wir mieten es für sechs Wochen ... Blicken wir vom Balkon hinab, leuchtet unten am Hang das Mittelmeer mit seinem zauberhaften, kristallklaren Flimmern zu uns herauf ...

Während Armin Tiede seinen Kaffee trank und ein frisches Croissant aß, breitete er die Landkarte vor sich aus. Er überlegte, daß er am besten bis Chalon die Route Nationale nahm und dann in die Autobahn Richtung Lyon abbog. Am Abend wäre er dann in Avignon. Wenn er sich etwas daranhielt, konnte er vielleicht sogar schon in Aix-en-Provence übernachten. Er tat es dann aber doch nicht, sondern fuhr ab Chalon auf der Landstraße. Gegen Mittag kam er in Buxy an. Es war ein kleiner Ort. Es schien, als hätte man auf die steinernen Häuser Asche gestreut. Es war Sonntag, die Läden waren geschlossen. In den engen Gassen gähnte Leere. Die Trauer der Provinzstädte verfolgte einen auf Schritt und Tritt. Nur eine Gruppe von Jugendlichen, die ein Café bevölkerte und ihre Stühle zwanglos bis weit in die Straße geschoben hatten, trieb lautstark ihre Späße. Dem Café gegenüber lag ein Restaurant, das ebenfalls offen hatte.

»Bist du glücklich?«

»Weiß nicht. Warum fragst du?«

»Ist es nicht schön hier?«

Sie gab keine Antwort. Nervös zuckten ihre Lippen, sie wandte den Blick ab und ließ ihn ziellos umherschweifen, als wolle sie die Worte überhört haben.

»Ich gehe zur Toilette.«

»Was soll ich für dich bestellen?«

»Nichts. Oder doch, bestell einen Kaffee ...«

»Bitte, fang nicht schon wieder an! Merkst du nicht, wie sehr du mich damit quälst?!«

»Und einen Cognac.«

Armin Tiede hob den Kopf, und sein Blick fiel auf das Gesicht des Kellners, der in strammer Haltung vor ihm stand. Mit seinen hohlen Wangen und dem unrasierten Bart sah er aus wie ein seltsames Fragezeichen. Ein Ausdruck des Unmuts und der Gleichgültigkeit lag in seinen Zügen. Er bestellte gebratenes Hirn in der Pfanne, Salat und einen halben Liter Rotwein dazu.

Das alte Ehepaar kam aus Amerika. Die beiden sagten, sie wären Kunstliebhaber und kämen schon seit zwanzig Jahren jeden Sommer an die Riviera, um den Spuren der großen Künstler ein wenig nachzugehen. »Früher war das Mittelmeer ganz anders, sah anders aus, nun aber stirbt es von Jahr zu Jahr langsam dahin, sein Gestank wird von Mal zu Mal unerträglicher. Die ganze Küste hier im Süden, diese einst so schönen Fischerdörfer haben sich unter dem Ansturm der Massen in Betonruinen verwandelt. Schauen Sie sich diese häßlichen, ja man kann schon sagen, brutalen neuen Gebäude an ... Trotz allem kommen wir immer wieder, es zieht uns einfach hierher. Sonne, Meer, Geschichte und Kunst sind der Inbegriff all unserer Wünsche ...« Während sie so sprachen, seufzten sie immer wieder tief auf und machten damit ihrer Sehnsucht nach den vergangenen Tagen der verlorenen Idylle Luft.

Die Sonne brannte immer stärker. Die Route Nationale wollte er auf keinen Fall nehmen, und so lenkte er seinen Wagen über schmale, einsame Straßen in Richtung Vichy. Es war eine bergige Gegend. Von Vichy ab fuhr er ziemlich unentschlossen, weiter gen Süden. Das Land stieg immer mehr an. Bei Anbruch der Nacht erreichte er Olliergue, das in einem Tal, umrahmt von steilen Hängen, wie ausgestorben dalag. Kein Leben regte sich in den Gassen. In dieser Öde, dieser Stille, so abgrundtief, daß man hätte meinen können, der Tod selbst blase seinen Atem über die Stadt, kam es einem vor, als hätten erst vor kurzem hier Räuber gehaust. Drunten im tiefen Grund floß ein schmales, mit Ablagerungen bedecktes Rinnsal. Auf einer Anhöhe in der Mitte stand eine längst restaurierungsbedürftige Kirche, ein graues Gemäuer, dessen Anblick einen ins Jenseits entrückte; dennoch strahlte sie nicht so sehr Barmherzigkeit aus, sondern stand da wie ein grausamer Feudalherr, der die farb- und geruchlosen Häuser und alles um sich herum in seine Grenzen verwies.

Die langgestreckte Seitenfront des Hotels saß auf einer hohen Mauer, an deren Fuß das trübe Wässerchen im Talgrund vorüberrann. Die schmale Fassade blickte auf die Straße.

Fast alle Hotelgäste waren auf der Durchfahrt und mußten, da sie bei Dunkelheit nicht weiter wollten, wohl oder übel hier Station machen. Beim Abendessen hatte man das Gefühl, man wohne einer merkwürdigen Messe bei, deren Regeln anstandslos von allen befolgt wurden. Anstelle der Gäste nahm die Hotelbesitzerin das Recht in Anspruch, das Essen auszuwählen, denn es gab nur ein Menu. Alles saß an einem langen Tisch. Die Inhaberin, eine Dame, die die Mitte des Lebens schon überschritten hatte, stand da wie ein erhabenes Denkmal und schöpfte aus einer Schüssel aus beigem Porzellan jedem eine gute Kelle voll Nudelsuppe in den Teller. Als sie schließlich auch sich selbst bedient hatte, setzte sie sich an die Mitte des Tisches.

Aus der Karaffe mit Weißwein nahm sie sich als erste, reichte sie dann weiter und wartete, bis jeder sich sein Glas gefüllt hatte. Alle waren verwundert. Die Hotelbesitzerin lächelte nur vornehm, hob ihr Glas und sagte: »Auf Ihr Wohl! Guten Appetit!« Dann begann sie, ihre Suppe zu löffeln. Außer dem zaghaften Klappern der Löffel war kein Laut zu hören. Nach der Suppe servierte sie wieder mit der gleichen Erhabenheit und Ruhe Forellen mit Garnelen. Als nächste Speise folgten gebratene Wachteln mit Erbsen. Nach Käse und Obst erhob sie sich und wünschte ihren Gästen eine gute Nacht.

Alle hatten ein etwas merkwürdiges Gefühl und zogen sich, einer nach dem andern, in ihre Zimmer zurück.

Armin Tiede lief zum Telefon im Korridor und telefonierte nach Berlin.

Hallo, hier ist Armin ... Da bist du baff, nicht wahr? ... Die Reise hat mir natürlich gut getan, alles läuft reibungslos ... Ich hatte Gelegenheit, über alles nachzudenken. Nein, Liebste, wie kommst du darauf, du irrst dich, das ist mein voller Ernst. Was hältst du von der Scheidung, Inge? ... Laß die Kinder einmal für einen Augenblick beiseite. Ja, ich will mich scheiden lassen. Nein, zu diesem Entschluß bin ich erst nach reiflicher Überlegung gekommen. Du täuschst dich. Gut, wir reden darüber, wenn ich wieder zurück bin. Doch eins mußt du wissen, diesmal bin ich fest entschlossen. Morgen mache ich mich gleich auf den Weg, in zwei Tagen bin ich in Berlin. Natürlich meine ich das ernst. Wo ich bin? In Olliergue ... Wir haben dort schon einmal übernachtet, in dem seltsamen Hotel, in dem wir zu Abend aßen. Nein, bis zum Mittelmeer bin ich nicht gekommen. Das habe ich aufgegeben. Das hat keinen Sinn mehr. Warum nicht? Weil ich dich nicht wie einen Schatten ständig neben mir haben will ...

Und auch die alten Erinnerungen nicht ... Das kannst du natürlich nicht verstehen; aber du brauchst es ja auch nicht zu verstehen. Wir sehen uns, wenn ich komme, gute Nacht.

Armin Tiede legte den Hörer auf.

Traurigkeit (1982)

In der letzten Zeit bin ich sehr sensibel und melancholisch geworden, dachte er bei sich. Die vorüberhastenden Fußgänger, die betagte Frau mit ihrem merkwürdigen Hut, den eine grüne Feder zierte, der Herr mit der Mappe, dessen vorgestreckter Kopf gleichsam vor dem übrigen Körper lief, der Junge auf dem Fahrrad, die Betrunkenen der frühen Freitagsstunden, die grölend und mit großem Hallo die Kneipe an der Ecke verließen, kamen ihm vor, als verpaßten sie ihm eine schallende Ohrfeige, einen Hieb, dessen Schmerz ihn tief traf. Einmal klatschte es auf die rechte, einmal auf die linke Wange; er wurde gerüttelt, stolperte, richtete sich mit Mühe wieder auf. Auf beiden Wangen, in seinem Inneren fühlte er einen heftigen Schmerz, der kaum auszuhalten war. Es reicht, reicht schon ... Er war wie betäubt. Doch es gab noch eine Ohrfeige, noch eine. Jedesmal, wenn er auf der Straße Leuten begegnete, die er nicht kannte, setzte es noch einmal eine. Während er immer stärker mit den Tränen zu kämpfen hatte, krümmte er sich zusammen, um sich besser zu schützen und vor seinen Feinden zu verstekken, wobei er sein Gesicht mit den Händen bedeckte. Wie sehr es auf den Straßen von Feinden wimmelt! Er kam gerade vom Einkaufen. In der Hand trug er ein ziemlich schweres, bis oben hin gefülltes Einkaufsnetz. Immer wieder tauschte er es mit den Plastiktaschen in der anderen Hand aus, um die Last gleichmäßig zu verteilen, damit seine Arme nicht erlahmten. Als er an der Kreuzung, wo die Straße, auf der er lief, und die Hauptstraße aufeinandertrafen, bei einem Feinkostladen vorbeiging, in dem er wegen des dicken, geschwätzigen Verkäufers schon seit längerem nicht mehr einkaufte, schaltete die Ampel auf Rot. Er blieb stehen. Die Autos sausten vorbei, als würden sie von einem gespannten Bogen abgeschossen. Es erschien ihm, als hätte jedes der vorbeiflitzenden Autos ihm eins in die Seite gegeben. Sie stießen gegen ihn, alle nacheinander, fuhren aber, dessenungeachtet, weiter. Er merkte, daß ihm schwindlig und schwarz vor Augen wurde. Die Bäume trugen zwar Knospen, doch in Abständen tobte ein heftiger Wind und trieb abwechselnd Schnee und Regen vor sich her. Wieder kamen Leute, die ihn am Kragen packten, worauf er mit ihnen zu ringen begann. Eine unbeschreibliche Melancholie, ungewohnt für ihn, übermannte ihn zusehends in den letzten Tagen, griff um sich oder schlug, wenn sie sich nicht entfalten konnte, in Hoffnungslosigkeit oder zumindest in Langeweile um, die ihn zu völlig unerwarteten Zeiten, an ungeeigneten Orten packten. Er zwang sich, an etwas anderes zu denken, und als hätte er es gerade erst entdeckt, fuhr es ihm durch den Kopf: »Es ist schon Ende April, doch der Winter hat immer noch nicht das Feld geräumt.« Bei diesem Gedanken schaltete die Ampel auf Grün um. Eilig überquerte er die Straße. In diesen Stunden mußte man sich als Fußgänger bei Grün sputen, denn nach Feierabend herrschte dichter Verkehr. Er war eben erst in der Straßenmitte angekommen, als die Lichter schon wieder wechselten; er zögerte, war unentschlossen. Die Unentschiedenheit war eine Art Reflex. Der Strom der Autos begann wieder zu fließen. Von Panik ergriffen, hastete er in großen Sätzen bis zum gegenüberliegenden Bürgersteig. Hier fühlte er sich zunächst einmal in Sicherheit, stellte die Plastiktaschen und das Netz auf das Pflaster und verschnaufte. Sein Blick wanderte zu der Straße hinter ihm und den vielen Autos: Dieser Haufen von Blech, der wie eine nicht enden wollende Lawine dahinrollte, verwandelte sich mit einem Mal in Dämonen, Phantasiegebilde, wie sie primitive Religionen kannten. Seine Ohren erschienen ihm wie ausgetrocknete Tiefbrunnen, in die man Steine warf. Ließ der schrille Lärm einmal etwas nach, erfüllte das Quietschen von Bremsen, das Dröhnen der Hupen und Brummen der Motoren die Luft. Zusätzlich stieg der Geruch von Asphalt und heißen Reifen in die Nase.

»Noch ein Stückchen, dann bin ich erlöst, weit ist es nicht mehr.« Hoffentlich würde er es solange aushalten. Die Ausflüge ins Reich der Phantasie hatten sein Gewissen in Aufruhr gebracht, seine Sensibilität gesteigert. Seit fast acht Jahren lebte er isoliert von seinen Freunden, pendelte nur zwischen Arbeit und Zuhause hin und her. Auch in die Heimat fuhr er nicht in den Ferien, telefonierte nur dann und wann mit seinen Eltern, erzählte ihnen, daß er wohlauf sei, daß sie sich seinetwegen keine Sorgen machen sollten, daß er sehr beschäftigt sei und aus diesem Grund nicht kommen könne. Forschten sie dann etwas nach, beziehungsweise wollten gerade damit beginnen, lenkte er geschickt ab, meinte, sinnlos lange zu telefonieren, es käme zu teuer, und beendete das Gespräch.

»Das ist so, als bohrte man meine Seele mit Nadeln an«, murmelte er vor sich hin, wobei ihm sein eigenes Ich nicht ganz geheuer vorkam.

In diesen Tagen erwartete er etwas Neues. Eine Nachricht von größerer Tragweite. Doch diese Nachricht traf nicht ein. Für ihn war weder der Tag ein Tag noch die Nacht eine Nacht; seine Empfindlichkeit wuchs, seine Traurigkeit nahm zu.

Sein Blick fiel auf die Zigarettenwerbung auf einer Holzwand, die die leere Fläche zwischen zwei Häusern ausfüllte. Die junge Frau darauf, die Haare nach hinten geworfen, lachte. Einen Augenblick lang faszinierte ihn das Lachen. Aus der lachenden Frau mit den fliegenden Haaren formte sich ein Bild. Darauf erstand eine Landschaft, von Öde gekennzeichnet. In einer Ecke ein verfallener Konak. Die Kletterrosen um die Gartenlaube vor dem mit Gras bewachsenen Teich waren längst verwildert. Da und dort ein vernachlässigtes Blumenbeet. Im nächsten Augenblick flüsterte ihm jemand eine alte, ihm bekannte Geschichte ins Ohr:

Es war einmal ein alter Gärtner, der fern von den Menschen ganz allein lebte. Niemand wußte, woher er kam, wer er war. Seine einzige Beschäftigung, seine einzigen Lebensgefährten waren die Blumen, die er züchtete. Unter all den schönen Gewächsen mochte er am liebsten die Hyazinthen, von deren Purpurtönen sein einsamer Garten zu bestimmten Zeiten erfüllt war. Daher nannten ihn alle, die ihn kannten, den »Hyazinthen-Gärtner«.

Der alte Mann kümmerte sich fürsorglich und ausdauernd um jede einzelne seiner Blumen, führte Gespräche mit ihnen, machte Witze. Es hieß, daß er mit den Blumen, deren Kraft in den Stengeln langsam nachließ und die am Verwelken waren, so herzlich redete, daß die Worte auf sie wie Belebungsmittel wirkten, so daß sie erneut aufblühten. Wenn er mit ihnen sprach, so tat er es in der festen Überzeugung, daß sie eines Tages auch eine Stimme haben würden. Dann, es war eben wieder Hyazinthenzeit, versank der Garten in einem einzigen Purpur. Den ganzen Tag lief der Alte von einer Hyazinthe zur andern, sprach mal mit der, mal mit jener. Plötzlich zog eine besonders große, purpurne Hyazinthe, die sich von den anderen unterschied, seine Aufmerksamkeit auf sich. Wie verzaubert kniete er vor der Blume nieder und wandte den Blick nicht mehr von ihr. Sie trägt einen Wurm in sich, sagte er zu sich, das ist ein Zeichen, daß sie mit mir reden wird; daher sieht sie anders aus als die anderen.

Die Hyazinthe schien die Worte des Alten gehört zu haben, wollte offenbar eine Antwort geben, doch fehlte ihr die Stimme. Das macht ja nichts, dachte der alte Gärtner, wenn sie heute keinen Laut hervorbringt, so morgen; wenn es heute nicht klappt, dann eben morgen. Dann, noch leiser, sprach er im Tonfall eines Weisen: »Das macht nichts, meine Hyazinthe, laß dir nur Zeit, all die Jahre habe ich schon gewartet, überanstrenge dich nicht, wenn es heute nicht gelingt, dann morgen ...« Von dem Tag an widmete der Gärtner den Großteil seiner Zeit dieser Hyazinthe, ihr galt all seine Mühe. Er wich nicht mehr von ihrer Seite. Sein ganzes Leben breitete er vor ihr aus, auch die geheimsten Gefühle. Die Schmerzen, die er erlitten, die Freuden, die er erlebt, die Liebschaften, die er gehabt hatte, schilderte er in allen Einzelheiten und setzte dann hinzu: »Oh, meine Hyazinthe, überanstrenge dich nicht, wenn die Zeit noch nicht gekommen ist; ich kann noch warten, wie ich es all die Jahre über schon getan habe.«

Dieses Jahr war die Zeit der Hyazinthen schon vorüber. Jene Hyazinthe erweckte immer noch den Anschein, als wollte sie gleich zu sprechen beginnen, aber es gelang ihr nicht. Die Blüten verwelkten und fielen ab. Der alte Mann grub eines Tages ihre Zwiebel aus und wählte unter Hunderten von Pflanzen für diese eine mit Bedacht einen besonderen Platz aus.

Voll Ungeduld wartete er auf das nächste Jahr. Wie immer wuchsen die Hyazinthen, und jene besondere Hyazinthe sah wieder sehr elegant aus. Auch dieses Mal schenkte er ihr sein Hauptaugenmerk, hegte und pflegte sie. Nur höchst selten entfernte er sich tagsüber von ihr und sprach wie gewohnt mit ihr, erzählte ihr allerlei. Und die Blume sah aus, als wollte sie gleich reden, konnte es jedoch nicht. Das Jahr ging vorüber. Auch das nächste. Und noch viele weitere Jahre ... Immer hatte es den Anschein, als wollte sie gleich zu sprechen beginnen, nur konnte sie es nie bewerkstelligen. Eines Tages starb der alte Gärtner.

Ein Zittern lief durch seinen ganzen Körper. Verstohlen ließ er den Blick noch einmal zu der freien Fläche, der Holzwand und der Zigarettenwerbung schweifen; die Frau mit den fliegenden Haaren lachte immer noch. Er lief weiter.

An der Haustür zögerte er, schließlich öffnete er den Briefkasten; auch heute war er leer. Er verspürte Erleichterung. Trotz der schweren Taschen in der Hand rannte er die Treppen hoch. Als er den Schlüssel ins Schloß steckte, zitterte seine Hand. Er war den Tränen nahe. Als er die Tür hinter sich geschlossen hatte, fühlte er sich wohler. Nun war er allein mit seinem ferngesteuerten Video-Recorder, dem Fernsehapparat, den Video-Kassetten und dem Hirsch auf dem Wandteppich. Nichts war ungewohnt oder fremd. Alles ringsum war ihm wohlbekannt, vertraut, sanft. Die Gegenstände hatte er selbst ausgesucht und gekauft; unter ihnen fühlte er sich nicht fremd. Alles, was durch diese Tür kam, wurde ein Bestandteil der Wohnung, seiner Welt, so wie sein Bett, das er bei einem Trödelhändler erstanden hatte. Es wurde ein Stück seiner selbst, war unentbehrlich für ihn, nahm den Geruch seines Körpers, seiner Seele an und atmete zusammen mit ihm. Nun war er allein mit seiner endlosen Einsamkeit. Nach Belieben konnte er seine Traurigkeit auskosten. Er hatte viel zu tun.

Zuerst schüttete er den Inhalt des Netzes und der Taschen auf den Eßtisch. Einen Augenblick überlegte er, womit er beginnen sollte. Erst einmal verstaute er die Raki-Flasche im Kühlfach. Sah nach, ob er noch Wasser im Kühlschrank hatte. Er nahm die Flasche Contrex heraus, befühlte sie und legte sie ebenfalls ins Kühlfach, weil sie ihm nicht kalt genug war. Zufrieden öffnete er all die Packungen. Er leerte die Oliven in eine Schale, goß Olivenöl und Zitronensaft darauf und bestreute sie mit etwas Thymian. Das gemischte saure

Gemüse kippte er auf einen ovalen Teller und legte die ebenfalls sauren Auberginen, die er einer anderen Pakkung entnahm, mitten darauf. Er schnitt den Weiß- und den Kashkavalkäse in Scheiben und legte sie auf zwei verschiedene Teller. Dann hielt er eine Zeitlang unschlüssig inne. Zwei undeutliche Gefühle kämpften in seiner Brust: Sollte er seine Arbeit nun auf dem schnellsten Weg zu Ende führen und den Tisch decken oder nicht? Er war ziemlich aufgeregt; eben machte er sich daran, die Wirklichkeit, die er sich gewünscht und bis in alle Einzelheiten ausgemalt hatte, Schritt für Schritt in die Tat umzusetzen. Außerhalb der Realität draußen, die jeden Tag mit Hilfe der anderen zustande kam und in der er leben mußte, existierte noch eine Realität inmitten all der selbst ausgewählten Dinge, die nun fröhlich wiederauferstand, als hätte man ihr Leben eingehaucht. Sogar die Traurigkeit gehörte zu dieser Realität. War ein unentbehrlicher, unabdingbarer Bestandteil von ihr. Ohne Melancholie ging es nicht, auch sie mußte man zu genießen verstehen. Um sich noch etwas Zeit zu lassen, schob er eine Olive in den Mund und kaute mit Wohlbehagen darauf herum. Er hatte genügend Olivenöl und Zitronensaft darauf geträufelt. Den Kern spuckte er aus. Er nahm die Konservendosen zur Hand, von denen die eine gefüllte Weinblätter, die andere weiße Bohnen in Olivenöl enthielt. Laut las er die Etiketten, als wollte er damit ihren Inhalt bekanntgeben: »Ece Konserveleri – Halis Zeytinyağli Fasulya Pilâkisi – Türk Mali.« Auf der anderen prangten das Bild eines gefüllten Weinblatts und die türkische Aufschrift »Yaprak Dolmasi«, sie kam jedoch nicht aus der Türkei, sondern aus Griechenland. Die Dosen zeigten da und dort schon etwas Rost. Leicht ließen sie sich nicht öffnen; das Messer versagte bei dem dicken Blech, und mit all seinem Geschick beim Dosenöffnen, ja sogar mit blanker Gewalt scheiterte er kläglich. Zu guter Letzt schaffte er es doch noch und öffnete sie wenigstens bis zur Hälfte, so daß er den Inhalt auf Teller schütten konnte, auch wenn einige der Weinblätter dabei auseinanderbrachen. Als er noch die türkische Wurst dazu legte, war der Tisch fast schon gedeckt. Durch die unterschiedlich kleinen und großen Teller und Schalen herrschte eine vollkommen andersartige, ungewöhnliche Stimmung. Er zündete sich eine Zigarette an. Beinahe wäre er wieder in die alte Trübsal verfallen. Er lief ins Zimmer, betrachtete die vertrauten Gegenstände der Umgebung, den Hirsch auf dem Wandteppich und versuchte, etwas Ungewohntes, Neues in ihnen aufzuspüren. Seine Hand glitt wie unter Zwang zum Kassettenrecorder, auf den Knopf aber wollte er nicht drücken. »Zuerst wird der Tisch gedeckt«, dachte er bei sich, um eine Entschuldigung für sein Zögern zu haben. »Alles muß perfekt sein, nichts darf fehlen.«

Er ging in die Küche zurück und bereitete einen Bauernsalat zu. Zuerst schnitt er den Kopfsalat in feine Streifen, dann die Schalotten, die Gurken, Tomaten und Peperoni und bestreute sie mit Salz und Pfeffer. Oben darauf schüttete er reichlich Olivenöl und Essig. Er halbierte zwei Tomaten und legte sie zusammen mit einer halben Gurke auf einen extra Teller. Dann machte er Cacik, indem er Yoghurt in einer Schüssel umrührte, kleine Gurkenstücke hineinschnitt und etwas geriebenen Knoblauch dazu gab. Dann beträufelte er alles mit Olivenöl und schmeckte es mit Paprika ab. Am Ende garnierte er das Ganze mit etwas Dillkraut.

Während er die Lammkoteletts briet, schien es ihm, als sei das Essen nicht genug, als fehlte etwas. Der würzige Duft des mit Thymian bestreuten Fleisches, der Tomaten und Peperoni auf dem Grill erfüllte die ganze Wohnung. Er öffnete die Fenster, damit der Rauch abzog.

Auf dem Tisch gab es kein freies Fleckchen mehr. Obwohl der Tisch sich schier bog, plagte ihn ein Gefühl der Unruhe, der Unzufriedenheit. Er hatte Angst, daß er etwas vergessen hatte, daß etwas fehlte. Als er ein wenig nachdachte, fiel ihm ein, was er vergessen hatte: die gebratene, in Würfel geschnittene Leber mit Zwiebeln, das gerollte, mit Käse gefüllte Börek, die Artischocken in Olivenöl und das Auberginenmus ...

Vergessene Erinnerungen stiegen in ihm hoch, leuchteten auf wie Pailletten, und der Tisch vor ihm verschwand. Tage, lange verflossen, erschienen vor seinem Auge. Sein Unglück hatte ihn wieder eingeholt. Hat man glückliche Stunden immer nur in der Vergangenheit erlebt? Endeten die Erinnerungen, deren Spuren längst verwischt waren, und die vergangenen Tage, sobald man sie ans Tageslicht zurückholte, immer in Melancholie? Er hatte die Schwelle erreicht, an der sein Bewußtsein sich in Nebel hüllte und an der er die Tür zur Welt der Halluzinationen aufstieß. Als Kind hatte er einmal am Mevlüt-Gebet teilgenommen. Die Stimmen der heiligen Männer, die offenbar ohne Fehl und Tadel waren, trugen Gebetshymnen vor, und das Solo des Hodschas, der vorbetete, drang tief in die Seele ein und führte sie weit mit sich fort. In weite Fernen. Nichts blieb zurück, nicht einmal Konturen. Alles löste sich auf. Eine unwirkliche Welt erstand, alle Anwesenden verwandelten sich, schmolzen zu einer einzigen gläubigen Seele zusammen, die im leeren Raum schwebte. Dann kamen die Buben mit ihren gutmütigen Gesichtern auf weißen Nylonsocken durch die Reihen getippelt und reichten Rosenwasser und Bonbons.

Aus der Küche drang das Schluchzen einer Frau, glich dem Sprudeln frischen Wassers ... Er lauschte: Das mußte eine Sinnestäuschung sein. Es gab keine schluchzende Frau in der Küche. Dennoch steckte ihm der jämmerliche Ton wie ein Knoten im Hals, wollte nicht mehr weichen. Was sollte überhaupt die Reue in seinem Leben, das er sich schließlich selbst so vorgestellt, in freier Entscheidung so und nicht anders gestaltet hatte? Was steckte dahinter? Was ihm fehlte, waren nicht die Erlebnisse der Vergangenheit, sondern die der Zukunft. Das Wann und Wie. Ereigneten sie sich wie jetzt, auf die gleiche Art und Weise, die er sich immer gewünscht hatte, in einer so vertraulichen Atmosphäre, zu der er selbst beitrug, mitten in vertrauter Umgebung, der nichts Fremdes anhaftete, und an diesem Tisch, den er selbst gedeckt hatte?

Er rief sich andere Begebenheiten in Erinnerung, die dazu geeignet sein sollten, vor ihm selbst Gnade zu finden und ihn vom Gefühl der Sünde zu befreien.

Fikri Bey kam ihm vage in Erinnerung, mit seinen hängenden Schultern und den kurz geschnittenen grauen Haaren. Der Fikri Bey, der jeden Abend seinen Raki trank. Er bewohnte ein zweistöckiges Holzhaus, das vor dem unbebauten Grundstück stand, auf dem die Kinder Fußball spielten. An ruhigen Sommertagen, wenn die Sonne hinter den Zypressen drüben untertauchte und die abendliche Kühle herabsank, setzte Fikri Bey sich an den kleinen Tisch auf den Balkon mit zwei Tellern Vorspeise und begann dann zu trinken, allein. Vor ihm standen stets zwei Gläser, bis zur Hälfte mit Raki gefüllt. Das eine Glas füllte er mit Wasser auf. In das andere warf er Maiskerne. Er war mitten unter den Pelargonien, dem Basilikum und den Geranien das einzige Lebewesen, das traurig aussah. Wenn er die Raki-Flasche halb geleert hatte und ihm langsam warm wurde, warf er die im Raki aufgesprungenen Maiskerne den Tauben zu. Da ihre Flügel erlahmten, konnten sie nicht mehr fliegen und hüpften so, gierig die Kerne verschlingend, nur immer hin und her. Fikri Bey fand Spaß daran, sie in ihrer Trunkenheit zu beobachten, ihm gefiel das Schauspiel. Es war sogar sein größtes Vergnügen. Ab und zu stimmte er ein Lied an. Fikri Beys Melancholie erregte in der tristen Atmosphäre des Viertels keinerlei Anstoß, dennoch bot er den Frauen an den Türen, in den kühlen, von lieblichem Gelächter erfüllten Korridoren immer wieder neuen Gesprächsstoff, wenn er sich mit den betrunkenen Tauben amüsierte.

Als er den Raki aus dem Kühlfach holte und sein Glas füllte, schauderte ihn. Er betrachtete das beschlagene Glas wie das Bild einer verflossenen Geliebten.

Nichts sollte fehlen, das war sein Wunsch. Bevor er den ersten Schluck nahm, gab er seinem Drang nach, stand auf und schaltete den Kassettenrecorder ein.

»Du hast mich für einen Kuß geopfert«, erscholl die leidenschaftliche Stimme der Sängerin, die die ganze Wohnung erfüllte. Jetzt drang das Schluchzen der Frau aus allen Ecken. Tränen traten ihm in die Augen.

Er räumte den Tisch ab, steckte das vorbereitete Essen in den Mülleimer und schüttete den Raki im Glas und in der Flasche bis auf den letzten Tropfen in den Abguß. Dann verließ er die Wohnung und ging in eine Kneipe.

Er hatte die Traurigkeit so erlebt, wie er sie sich in seiner Vorstellung ausgedacht hatte.

Genies sterben spät (1982)

Ich will nicht, daß du mich jetzt allein läßt. Bleib hier, bei mir, die anderen Sachen haben Zeit, das einzige, was zählt, ist deine Gegenwart. Warum bläht sich der Tüll am Fenster so? Sicher hast du die Balkontür geöffnet. Wie oft habe ich dir schon eingeschärft, sie zuzulassen, wenn das Fenster offen ist; es zieht, und du weißt doch, daß ich geschwitzt habe. Machst du es womöglich aus Trotz oder um mich zu ärgern?

Ich glaube, ich habe wieder Fieber. Leg deine Hand auf meine Stirn, dann merkst du es; ja, ich sagte bereits, ich schwitze. Nein, schließ erst die Balkontür, bevor du kommst, bitte tu, was ich dir sage. Du meinst also, ich hätte kein Fieber, nicht wahr? Gut, dann gib mir das Thermometer. Was habe ich gesagt? Die Balkontür steht ja immer noch sperrangelweit offen. Merkst du nicht, wie es zieht? Sieh dir nur einmal die Tüllvorhänge an, sie fliegen fast davon ... Quäl mich nicht noch mehr und schließ endlich die Tür. Schüttle mir doch das Kissen; beim Einatmen sticht es mich ganz fürchterlich in der Brust, der Schmerz kommt von tief innen, aus der Rippengegend. Ist das Fieber wirklich gesunken? Bei dem Schweiß, der aus mir herausbricht? Der Puls würde doch nicht so schnell schlagen, wenn das Fieber nachgelassen hätte. Fühl nur mal meinen Puls ... Gut gesonnen bist du mir nicht, wenn du verkündest, »du hast gar nichts«, das muß ich dir sagen; nein, auf dein Mitleid kann ich verzichten. Eine Frechheit! Die Fußgelenke schmerzen, meine Stirn brennt, überall, am ganzen Körper tut es mir weh, ich kann kaum atmen, doch du stehst vor mir und sagst: »Dir fehlt gar nichts« ... Auf dem Thermometer kann man nicht sehen, daß ich schwitze; tunke das Musselintuch in Essig und Salz und lege es mir auf die Stirn, auch auf die Füße ... Oh, diese verfluchte Krankheit, sie hat sich die schlechteste Zeit ausgesucht! ... Nun schikaniere mich doch nicht, los, mach, was ich dir sage! Siehst du, mein Rücken ist schon ganz steif; habe ich dir nicht gesagt, daß du die Balkontür schließen sollst? Wenn ich eine Tasse Lindenblütentee trinke, wird es wieder besser, aber schütte nicht soviel Zucker hinein ... Ein Löffel reicht. Hör auf mit dem zweideutigen Gerede, wäre ich so versessen auf deine banale, ekelhafte Güte, wenn mir nichts fehlte? Nein, glaub das nur ja nicht. Das wäre ein großer Irrtum. Die Erbarmungslosigkeit, die Bosheit, mit der du meine Krankheit ausnützt, ärgert mich zutiefst. Oh, diese verdammten Schmerzen. Kannst du mir ein Taschentuch geben? Dieser Husten bringt mich noch um. Stell dich nicht so über das ganze Gesicht grinsend vor mich hin und wiederhole nicht am laufenden Band: »Das wird schon wieder!« Ein frommer Wunsch, mehr nicht... Umsonst, alles umsonst ... Ich weiß ja ... Hörst du? Was? Die Schmerzen natürlich ... Sie durchbohren wie Pfeile meinen ganzen Körper. Schießen zischend durch das Zimmer ... Ich kann es nicht mehr aushalten, setz dich zu mir, gib mir deine Hand.

Ja, ich bin etwas eingeschlafen, fühle mich jetzt besser, ein wenig erleichtert. Kannst du die Balkontür öffnen? Der Mief soll hinaus. Mach dir keine Sorgen, ich ziehe die Decke hoch. Sieh, wie schön, fast blau, der Himmel zwischen den Tüllvorhängen hereinscheint. Wie spät ist es? Ist es noch nicht Abend?

Wo bin ich stehengeblieben? Ach ja, man sagt, Mozart sei ein Genie gewesen; was wäre von seiner Genialität übriggeblieben, wenn er nicht mit fünfunddreißig, sondern mit fünfzehn gestorben wäre? Bestenfalls hätte man gesagt, er sei ein Wunderkind gewesen. Bei Goethe ist es nicht viel anders; wäre er nicht mit dreiundachtzig, sondern mit fünfunddreißig gestorben, welches seiner genialen Werke wäre dann auf uns überkommen ... Oh ja, Beispiele dieser Art gibt es genug ... Vergessen wir Picasso nicht ... All das zeigt nur, daß *Genies spät sterben.* Keine Widerrede. Alle Genies sterben spät.

Ein Gefühl der Beklemmung überkommt mich. Mir ist, als steckten Tausende von Nadeln in meiner Seele. Weißt du, was für ein erbärmliches Schicksal ich hinter mir habe? Diese Stadt ist für mich ein Ort der Unbehaglichkeit geworden, das kann ich ruhig und frei heraus sagen, muß nicht hinterm Berg halten damit. Ich werde wegziehen von hier. Du kannst natürlich schon beginnen, den Koffer zu packen. Vergiß nicht, die Nagelfeile, die Pinzette und das Shampoo einzupacken. Nimm die Flasche aus dem Badeschrank mit, sie ist noch nicht angebrochen.

Es war eine gute Idee von uns, hierherzukommen. Eine schöne Gegend, vollkommene Ruhe. Die Bilder unterscheiden sich, auch die Menschen und ihre Vorlieben. Trotzdem kommen sie einem nicht fremd vor, man meint, sie schon zu kennen. Sieh sie dir an, die Frau, hundert Jahre hat sie auf dem Buckel. Ob sie lebt? Oder vielleicht doch nicht? Nichts mehr an ihr. Sie hat keine Zähne mehr im Mund, besteht, dürr wie sie ist, nur noch aus Haut und Knochen. Der einzige Kontakt dieser Frau mit den verblichenen Fetzen am Leib ist ihre Brille, ein schwarzes, billiges Gestell, das ihr fast von der Nase rutscht. Warum sollte uns der halbverrückte Sohn des Kaffeehausbesitzers stören? Er nimmt sich nur die Touristen vor, zu denen gehören wir aber nicht. Dies ist wie unser eigenes Haus; komm, setzen wir uns doch. Schau her, da sitzt auch die dicke Dame mit ihrem Schnurrbärtchen und strickt. »Bitte, gnädige Frau, laß dich nicht stören, wir wollen uns nur ein wenig setzen.« Wie gastfreundlich die Menschen hier sind! »Laß dich nicht stören, gnädige Frau, wir sind keine Touristen, das siehst du ja; Gäste sind wir auch nicht, wir gehören zu euch. Ja, ja, bisher waren wir weit weg von hier, in der Ferne, jetzt aber sind wir da.« Ich schätze das Kaffeehaus zu dieser Zeit, denn in ihm klopft das Herz der ganzen Einkaufsstraße. Da kommt auch der Metzger in seiner schwarzen Hose mit den weiten Beinen, seinem schwarzen Hemd, den plattgedrückten, hochhackigen Schuhen, den schwarz gefärbten Haaren und dem Schnurrbart in der gleichen Farbe. Jetzt setzt er sich gleich neben den mit dem Safari-Hemd und bestellt sich einen Kaffee ...

Bevor das Wasser weg ist, möchte ich noch duschen. Wo ist das Shampoo? Ich hatte dir doch ausdrücklich aufgetragen, es mitzunehmen ... Was soll jetzt werden? Du hast es absichtlich vergessen, um mir eins auszuwischen. Nein, bleib mir mit deinen Sprüchen vom Leib, das Shampoo, das ich seit Jahren benutze, ist anders als das, das es hier zu kaufen gibt ... Da steckt Absicht dahinter, du verfluchtes Weib, nur um mich zu quälen. Du willst, daß ich sterbe; ich werde dir den Gefallen aber nicht tun, Genies sterben spät ... Außerdem glaubst du ja auch nicht, daß ich ein Genie bin ...

Wie spät ist es? Ich muß eingeschlafen sein. Nein, ich glaube nicht, daß ich im Fieber phantasiert habe.

Anthologien im dtv

Fahrt mit der S-Bahn
Erzähler der DDR
dtv 778

Frauen in der DDR
Zwanzig Erzählungen
dtv 1174

Frauen in Lateinamerika
Erzählungen und
Berichte
dtv 10084

Als Fremder in
Deutschland
Berichte, Erzählungen,
Gedichte von
Ausländern
dtv 1770

Menschen im Büro
Von Kafka
zu Martin Walser
Vierzig Geschichten
dtv 10215

Auf Live und Tod
Satiren für Rundfunk-
freunde und Fernseher
dtv 10149

Arbeit in der Literatur

Hans Dieter Baroth:
Aber es waren
schöne Zeiten
dtv 1748

Hans Dieter Baroth:
Streuselkuchen
in Ickern
dtv 10085

Ben Witter:
Sensationen im Sessel
dtv 10116

Gernot Wolfgruber:
Herrenjahre
dtv 1483

Gernot Wolfgruber:
Niemandsland
dtv 1568

Menschen im Büro
Von Kafka
zu Martin Walser
dtv 10215

Das Buch

Arbeitsemigranten, Menschen in Einsamkeit und Isolation, auf der Flucht vor der Perspektivenlosigkeit ihres Lebens, sind die »Helden« dieser Erzählungen. Sie suchen eine andere, bessere Welt in ihren Phantasievorstellungen, die sie weit aus der Wirklichkeit fortführen. Wie der türkische Fließbandarbeiter der Titelerzählung ›Paradies kaputt‹, der zuerst in seinen Gedanken die heimatliche dörfliche Umwelt mit nach Almanya nimmt und später versucht, das Leben in Deutschland in die Türkei zu versetzen. Aber die Welt, die er sich aufbaut, hat in der Realität keinen Bestand. Eine junge Frau wird das Opfer dieses Zusammenbruchs der Illusionen... Der Konflikt zwischen Traum und Wirklichkeit, zwischen Innen- und Außenwelt ist das besondere Anliegen des türkischen Dichters Aras Ören, der in Deutschland lebt, über Deutschland schreibt und längst zum deutschen Autor geworden ist. Er ist einer von denen, die Harald Weinrich »unsere natürlichen Landsleute« nennt.

Der Autor

Aras Ören, 1939 in Istanbul geboren, war in seiner Heimat Schauspieler und Dramaturg. Seit 1969 lebt er in Berlin und arbeitet heute für den SFB. 1985 war Aras Ören erster Preisträger des neu gestifteten Adelbert-von-Chamisso-Preises. Einige Werke: ›Was will Niyazi in der Naunynstraße‹ (1973), ›Der kurze Traum aus Kagithane‹ (1974), ›Die Fremde ist auch ein Haus‹ (1980), Poeme; ›Privatexil‹ (1977), ›Deutschland, ein türkisches Märchen‹ (1978), ›Mitten in der Odyssee‹ (1980), Gedichte; ›Bitte nix Polizei. Kriminalerzählung‹ (1981), ›Manege. Erzählung‹ (1983), Prosa.